海岱诗丛（第二辑）

山东高速集团诗词选集

山东诗词学会
山东高速集团有限公司 编

中国书籍出版社
China Book Press

图书在版编目（CIP）数据

山东高速集团诗词选集 / 山东诗词学会，山东高速集团有限公司编 . -- 北京：中国书籍出版社，2022.9
（海岱诗丛 . 第二辑；12）
ISBN 978-7-5068-9178-3

Ⅰ．①山… Ⅱ．①山… ②山… Ⅲ．①诗词－作品集－中国－当代 Ⅳ．① I227

中国版本图书馆 CIP 数据核字（2022）第 163545 号

山东高速集团诗词选集
山东诗词学会　山东高速集团有限公司　编

策　　划	毕　磊
责任编辑	毕　磊
责任印制	孙马飞　马　芝
封面设计	庄伢伢
出版发行	中国书籍出版社
社　　址	北京市丰台区三路居路 97 号（邮编：100073）
电　　话	（010）52257143（总编室）　（010）52257153（发行部）
电子信箱	eo@chinabp.com.cn
经　　销	全国新华书店
印　　刷	山东麦德森文化传媒有限公司
开　　本	787×1092 毫米　1/16
字　　数	4600 千字
印　　张	226
版　　次	2022 年 9 月第 1 版　2022 年 9 月第 1 次印刷
书　　号	ISBN 978-7-5068-9178-3
定　　价	480.00 元（全 12 册）

版权所有，翻印必究

海岱诗丛（第二辑）
《山东高速集团诗词选集》编纂委员会

主　　编：赵润田
执行主编：郭秀生　孙法合
编　　辑：李宗健

海岱诗丛·总序

经过一番忙碌，海岱诗丛终于面世了。山东诗词学会诸位同仁推我作序，欣欣然而从命。

海岱者，山东之谓也。这套丛书收录的是当下山东诗人及诗词爱好者刚刚创作的诗、词、曲、赋，花开千树，清露未晞，芳香浓郁。丛书出全，约费五年之功，达百册之巨，规模可类《全唐诗》，是新时代山东诗词创作的盛大检阅，亦是齐鲁诗坛俊逸之才的精彩展示。

山东地处黄河下游，历史悠久，文化厚重。在这片英雄的土地上，我们的先人创造了源远流长、光辉灿烂的文化。就诗词而言，从孔夫子删编《诗经》算起，两千多年来，历代诗人词家灿若群星，名篇佳作难以胜数，尤其出了刘桢、王粲、李清照、辛弃疾、张养浩、王禹偁、晁补之、李攀龙、谢榛、王士祯等宗师大家，皎如日月，彪炳诗坛。时至今日，齐鲁大地诗风甚盛。嘉节吉时，常见诗人雅会，乡镇社区，时闻吟诵之声，年无分长幼，皆以习诗为雅、能诗为荣。尤其近年党中央倡导弘扬中华优秀传统文化，诗词事业更得浩荡东风，千帆竞发，百舸争流，蓬蓬勃勃，一派兴盛气象。

山东诗词学会，成立于一九八四年，是在省民政厅注册登记的民间社团组织，隶属于省政协办公厅，以推动诗词繁荣为宗旨。面对先贤昔日辉煌，面对时代强力呼唤，面对文朋诗友殷切期待，二〇一九年四月，全省第四次会员代表大会提出，以习近平新时代中国特色社会主义思想为指导，团结奋斗，扎实工作，推动山东诗词事业持续健康发展，力争早日使山东诗词整体水平，与山东人口大省、文化大省、诗词大省的地位相匹配，与山东在全国经济社会格局中的地位相匹配，为实现省委、省政府提出的"走在前列，全面开创"的总体要求、为建设现代化强省贡献力量。围绕落实既定目标，于是就有了"六个一"活动，包括有了这套海岱诗丛。

所谓"六个一"活动，是省学会与县市区优势互补、互利共赢、联手推动诗词发展的一种合作模式。具体做法是，由县市区负担所需经费、组织人员、提供场地，而省学会在一年内为其提供六项服务。包括在该县市区举办一次高端诗词培训，邀请一批省内外著名诗词专家讲座，与文朋诗友面对面切磋指导；组织著名诗人进行一次采风活动，创作诗词曲赋，赞美该区域悠久历史、著名景点、淳厚风情；组织一次诗词有奖征文比赛，巩固培训成果，让风人骚客同场竞技、展示才华；策划一次集中宣传报道，在省以上报刊网站，全面推介该县区发展成就、经济优势、文旅特色、典型经验；正式出版一册诗集，汇纳该区域优秀诗作，展示诸位诗友胸襟才情，反映独特社会风貌；收集一套涵盖该县区历代诗人诗作资料，从先秦至民国，应收尽收，由省学会汇总编入《山东诗藏》，以资后世学习研究之用。

作为丛书，作者众，诗作多，规模大，则长短兼具，瑕瑜互见。优势在于，覆盖面大，代表性强，品类齐全，美不胜收。其中既有抗洪抗疫之时代强音，犹如黄钟大吕，振聋发聩，也有城乡工农之平凡生活，寓目辄书，情趣横生；既有春花秋月夏云冬雪传统美境，也有高铁航天手机网络现代意象。春兰秋菊，各擅胜场，慢慢品酌，各有妙处。正如一滴水可以折射太阳的光辉，当连续吟诵、沉浸欣赏、慨叹时代生活的丰富繁华，感受诗人词家的情感激荡之外，可以体悟各种抒发背后的骄傲与自信、悠闲与满足、宽容与厚重、开放与张扬，这些都是经历过大起大落、处在奋发向上环境中所特有的。它充满生机活力，属于我们这个特定时代。

丛书之长，恰恰亦为其短。诗坛耆老味道醇美之作，只是一类，书中还确有些初窥门径，几近处女之作，犹之孩童蹒跚学步，其作品稚嫩一目了然，此类作品在书中占有一定比重。省学会已注意到这个问题。非不为也，实不能也。要提高其质量，并非一日之功，而省学会精锐饱学之士也为数非多，难以具体指导，况且时间也不允许。面对这种境况，只要政治立场、情感基调无大偏差，格律说得过去，我们就放行录入。这就使得该书诗作参差不齐，确有个别作品可能难入法眼，只能请方家以允许百花齐放之博大胸襟，予以包容。然而依我浅见，对初学之人、年轻后辈，也未可小觑。一番勤学善思，"干之以风力，润之以丹彩"，有佼佼者成长为辛、李大家，也未可知。毕竟世间无奇不有，万事皆有可能！

相对既定目标，当前所为，不过刚刚开端，展望今后，任重而道远。但既然走出第一步，有了决心、行动、典型和经验，达成既定目标便没有任何游移和悬念。可以设想，五年又或六年，当所有计划项目都事功圆满之后，山东大地，会有更多的人喜欢诗词、吟诵诗词，创作诗词，诗词大军更加宏大而严整；海岱诗坛，会有更多精品力作，如泉喷涌，万紫千红，新干老枝愈益果实累累。那时，回望今日，我们会为自己做了正确而大有价值之事，而感到骄傲和自豪。

是为序。

赵润田

二〇二二年八月

目　录

◎ 海岱诗丛·总序

第一辑　采风诗词作品

孙义福 ·· 01

　　欧亚联运潍河特大桥行吟（新韵）·································· 01

　　济青高速路上行吟 ·· 01

　　济青高速联运采风有吟 ·· 01

　　山东高速集团采风随吟 ·· 01

　　潍青高速六标预制梁场行吟 ·· 02

　　菩萨蛮·欧亚班列青岛公司行吟 ···································· 02

　　永遇乐·沾临高速黄河特大桥行吟 ································· 02

耿建华 ·· 02

　　建桥工地有感两首（新韵）·· 02

　　赞济南东服务区两首 ··· 03

　　高速路上两首 ·· 03

　　济南东服务区全球购 ··· 03

　　欧亚班列青岛中心 ·· 03

高速公路收费员（新韵） ………………………………… 04
修桥工人赞（新韵） …………………………………… 04
华清吟·沾临黄河特大桥 ………………………………… 04

林建华 ………………………………………………… 04

山东高速集团赞 ………………………………………… 04
观高速公路 ……………………………………………… 04
高速路收费站 …………………………………………… 05
济南东服务区 …………………………………………… 05
高速路服务区里购全球 ………………………………… 05
收费站新年有记 ………………………………………… 05
赞高速筑路工人 ………………………………………… 05
参观高速公路建设工地有感 …………………………… 06
山东县县通高速有感（新韵） ………………………… 06
咏"齐鲁号"欧亚班列青岛发运中心二首 …………… 06
标预制梁现场感吟 ……………………………………… 06
十六字令三首·箱 ……………………………………… 06
高速路上行吟 …………………………………………… 07

阎兆万 ………………………………………………… 07

致敬山东高速建设者六首 ……………………………… 07

郭秀生 ………………………………………………… 08

山东高速路 ……………………………………………… 08
青潍工段党员 …………………………………………… 08
高速工地电焊工 ………………………………………… 08
沾临高速黄河大桥工地技工 …………………………… 08
沾临高速展望 …………………………………………… 08
齐鲁号欧亚班列 ………………………………………… 09

高速服务区扶贫亭	09
吟赠潍河高速施工部同仁	09

李宗健 09

赞高速收费员	09
赞济南东高速服务区	10
山东高速见闻	10
赞济南高速人	10
青银路济南东服务区采风有寄	10
赞济南东服务区欧亚班列进口货商店	11

胡桂海 11

济南东服务区	11
高速路收费站	11
收费站新年有记	11
高速路服务区里购全球	11
观高速公路	12
过山东高速济南市中收费站	12
山东高速集团青银路济南东服务区采风有寄	12
观孙义福会长、耿建华院长 　在山东高速济南东服务区即兴挥毫泼墨得句	12

顾元隆 13

山东高速公路集团感吟	13
卜算子·山东高速人	13
采桑子·印象山东高速济南东部服务区	13

张维刚 13

采风山东高速公路集团	13
赞高速公路收费站服务区姑娘	13

鹧鸪天·赞高速公路济南东服务区 …………………………… 14

寒垣春·访山东高速市中收费站 …………………………… 14

王来宾 …………………………………………………………… 14

高速公路人 ………………………………………………… 14

胶州三里河公园 …………………………………………… 14

桥 …………………………………………………………… 15

收费站 ……………………………………………………… 15

潍河大桥 …………………………………………………… 15

古历四月采风路上 ………………………………………… 15

潍青高速六标预制梁场采风两首（新韵） ……………… 15

潍青高速潍河特大桥施工现场建造者 …………………… 16

如梦令·欧亚班列货场 …………………………………… 16

长相思·齐鲁班列 ………………………………………… 16

三字令·潍河特大桥（新韵） …………………………… 16

南歌子·济南东高速公路服务区 ………………………… 16

行香子·滨州第一大桥采风记（新韵） ………………… 16

第二辑　征稿诗词作品

李亚华 …………………………………………………………… 17

鹧鸪天·纪念建党一百周年 ……………………………… 17

李文耀 …………………………………………………………… 17

建党100周年感怀（新韵） ……………………………… 17

黄　璜 …………………………………………………………… 17

致"两个一百年"伟大征程（古风） …………………… 17

夏长强 段永平 ｜ 18
宏图（古风） ｜ 18
卿　丹 ｜ 18
换了人间（古风） ｜ 18
孙玉龙 ｜ 19
建党百周年贺（古风） ｜ 19
牟珊珊 ｜ 19
沁园春·忆建党百年 ｜ 19
高　涛 ｜ 19
胶州湾大桥（古风） ｜ 19
孟令君 ｜ 20
望乡（古风） ｜ 20
致远（古风） ｜ 20
咏梅（古风） ｜ 20
逝而两首（古风） ｜ 20
文心雕龙（古风） ｜ 21
千里回首百年话纪行（古风） ｜ 21
前出塞（古风） ｜ 21
新游子吟（古风） ｜ 22
高　旭 ｜ 22
百年建党赞（古风） ｜ 22
郭　冉 ｜ 22
鹧鸪天·庆祝建党一百周年致敬交通人 ｜ 22
苏腾腾 ｜ 22
华夏大地 ｜ 22

孙鲁梅	23
庆建党百年有感	23
浪淘沙令·弘道莫空闲	23
念奴娇·青春无悔	23
于　涛	23
沁园春·庆建党一百周年	23
卢　健	24
新征程礼赞（古风）	24
孟凡宇	24
红色记忆（古风）	24
左志强	24
展宏图（古风）	24
崔　斌	25
沁园春·建党百年	25
吕传青	25
百年华诞谱新篇，山高发展铸辉煌（古风）	25
陈丹凝	25
一路前行四首（古风）	25
单裕隆	26
咏新（古风）	26
王明岳	27
国泰民安（古风）	27
隗凯宁	27
建党100周年有感（古风）	27
何　艳	28
沁园春·路桥工人赞	28

张 伟	28
随感五首（古风）	28
临沂行（古风）	29
放歌（古风）	29
调寄毛主席《采桑子·重阳》随感（古风）	30
朱建国	30
大路之歌（古风）	30
高福春	30
初心（古风）	30
高速公路行（古风）	30
逐梦高速（古风）	30
满庭芳·青州服务区走进新时代	31
柴 蕾	31
赞两会	31
庆祝建党 100 周年	31
纪念中国共产党建党 100 周年抒怀	31
薛筱扬	32
脚踏实地跟党走，深化改革新作为（古风）	32
毛伟臣	32
党史颂（古风）	32
张 雨	32
满江红·迎大考	32
岳福华	33
畅和高速情	33
霍晓燕	33
百年征路绘新篇	33

张　茜 ·· 33
　　跨越历史的轨迹（古风）·· 33
曹兆峰 ·· 34
　　建党百年感怀（古风）·· 34
殷　菲 ·· 34
　　建党百年有感（古风）·· 34
王　鹏 ·· 35
　　满江红·党旗颂 ·· 35
鞠军磊 ·· 35
　　赞歌献高速 ·· 35
李永普 ·· 36
　　八声甘州·脱贫攻坚（新韵）··································· 36
张家富 ·· 36
　　复兴之路（古风）·· 36
丁兆忠 ·· 36
　　晨望胶州湾大桥感怀（古风）··································· 36
　　沁园春·元宵 ·· 37
付国义 ·· 37
　　红船精神永留传（古风）·· 37
付　康 ·· 37
　　共产党颂（古风）·· 37
李宇杰 ·· 37
　　建党百年有感（古风）·· 37
王　凡 ·· 38
　　益羊庆党百周年感怀（古风）··································· 38

徐天航 ·· 38
　　庆祝建党 100 周年（古风）················· 38
高君坪 ·· 38
　　绝句（古风）······································ 38
朱　鑫 ·· 38
　　咏复兴（古风）·································· 38
马国强 ·· 39
　　百年奇迹（古风）······························ 39
倪楚君 ·· 39
　　建党百年抒怀（古风）······················· 39
　　贺建党 100 周年（古风）···················· 39
刘　娟 ·· 40
　　念奴娇·庆祝建党 100 周年················ 40
　　水调歌头·祝贺中国共产党百岁生日··· 40
乔维威 ·· 41
　　卜算子·建党百年······························ 41
王海军 ·· 41
　　红心颂党（古风）······························ 41
余爽露 ·· 41
　　百年颂（古风）·································· 41
胡　舸 ·· 42
　　庆祝中国共产党建党一百周年············ 42
　　沁园春·庆祝中国共产党百年华诞······ 42
李绍阳 ·· 42
　　庆华诞（古风）·································· 42

王严迪 ·· 42
    颂党（古风）··· 42
江　宇 ·· 43
    忆百年六首（古风）··· 43
戴　浩 ·· 44
    英烈筑丰碑（古风）··· 44
董秋莹 ·· 44
    致中国共产党百年华诞（新韵）························ 44
李同宁 ·· 44
    百年大党（古风）··· 44
    进军农村，思想主导（古风）···························· 45
张贵勤 ·· 46
    沁园春·武汉··· 46
    沁园春·疫战··· 46
向　菲 ·· 47
    念党恩抒怀（古风）··· 47
姜　斌 ·· 47
    百年辉煌（古风）··· 47
姚新丽 ·· 47
    沁园春·建党百秩华诞之山高水长······················ 47
陈攀建 ·· 48
    建党百年（古风）··· 48
崔延胜 ·· 48
    党颂（古风）··· 48
姜　涛 ·· 49
    百年奋斗路（古风）··· 49

于婷婷 ... 49
复兴伟业创辉煌（古风） ... 49

朱礼宾 ... 49
建党一百年有感（古风） ... 49
建党百年感怀（古风） ... 50

张洪铭 ... 50
脚步（古风） ... 50

彭　飞 ... 50
百年梦（新韵） ... 50

邢献波 ... 51
党颂三首（古风） ... 51

张致豪 ... 51
庆百年八首（古风） ... 51

刘加海 ... 52
党耀中华正芬芳（新韵） ... 52

张文哲 ... 53
满江红·大道通途 ... 53

袁滋苗 ... 53
扬州慢·山东省路桥集团贺建党百年小记 ... 53

房　奎 ... 53
檐下观雪（古风） ... 53

李英梅 ... 53
在路上（古风） ... 53

曾祥振 ... 54
七一感怀 ... 54

王标科 ·· 54
    潍日高速通车感怀（古风）·· 54
梁泽庆 ·· 54
    祝建党一百周年（古风）·· 54
赵玉龙 ·· 55
    沁园春·山高恭庆建党百年 ··· 55
魏　明 ·· 55
    念奴娇·雾中乳山 ·· 55
李东立 ·· 55
    高速梦（古风）··· 55
李玉兵 ·· 57
    山东高速集团庆祝建党 100 周年三首（古风）··············· 57
刘艳荣 ·· 57
    庆祝建党 100 周年（古风）··· 57
    临江仙·庆华诞 ·· 58
王　强 ·· 58
    献给建党 100 周年五首（古风）·································· 58
高祥起 ·· 59
    征　途 ·· 59
王帆庆 ·· 59
    祝建党 100 周年 ·· 59
刘　盈 ·· 59
    建党 100 周年赞歌（古风）·· 59
朱志方 ·· 60
    领路人（古风）··· 60

匡娇娇 ······ 60
    百年颂（古风） ······ 60

石慕晴 ······ 60
    庆党百年（古风） ······ 60

陶　源 ······ 60
    贺建党一百周年（古风） ······ 60

赵文兵 ······ 60
    庆建党百年 ······ 60

徐　晖 ······ 61
    奋斗（古风） ······ 61
    圆梦（古风） ······ 61

丛燕燕 ······ 61
    追忆（古风） ······ 61

于　静 ······ 61
    奋斗铸辉煌（古风） ······ 61

于海泳 ······ 62
    庆祝建党百年（古风） ······ 62

董　栋 ······ 62
    庆我党百年·谱高速华章两首（古风） ······ 62

张　呈 ······ 62
    高速情三首 ······ 62

王蕊蕊 ······ 63
    水调歌头·庆建党一百周年 ······ 63

田玉波 ······ 63
    党走百年有感（古风） ······ 63

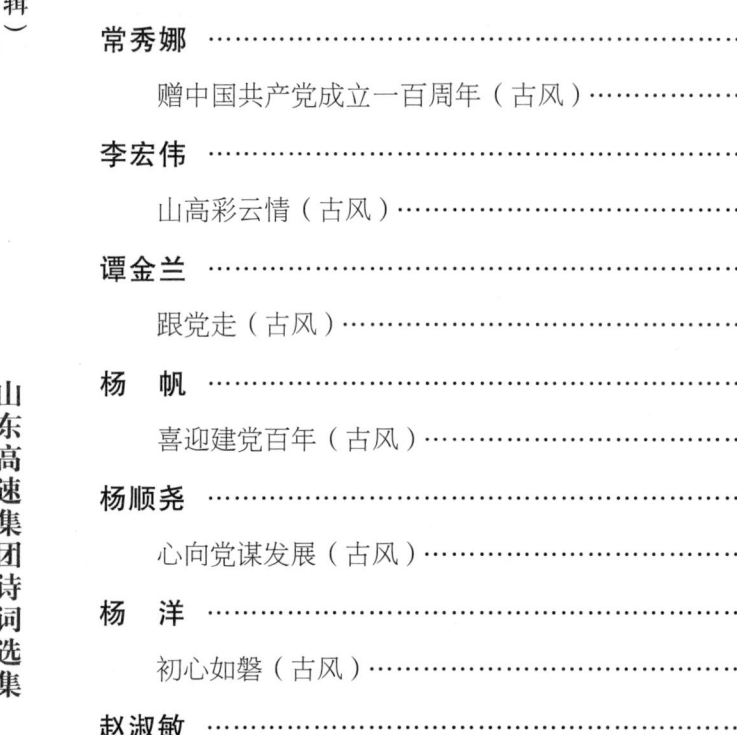

宋菁晶 ·· 63
　　藏头诗 ·· 63
连仁华 ·· 64
　　铭记初心（古风） ·· 64
常秀娜 ·· 64
　　赠中国共产党成立一百周年（古风） ································ 64
李宏伟 ·· 65
　　山高彩云情（古风） ··· 65
谭金兰 ·· 65
　　跟党走（古风） ·· 65
杨　帆 ·· 65
　　喜迎建党百年（古风） ··· 65
杨顺尧 ·· 66
　　心向党谋发展（古风） ··· 66
杨　洋 ·· 66
　　初心如磐（古风） ·· 66
赵淑敏 ·· 66
　　筑梦百年两首（古风） ··· 66
侯宜军 ·· 66
　　咏竹（古风） ·· 66
毛淑婷 ·· 67
　　水龙吟·战疫情 ··· 67
孙艳玲 ·· 67
　　卜算子·纪念建党100周年 ·· 67
朱卫霞 ·· 67
　　党颂（古风） ·· 67

任建煌 ·· 68
　　敬题抗疫英雄于正洲二首 ··· 68
朱增才 ·· 68
　　满江红·祭扫烈士墓 ·· 68
王学军 ·· 68
　　沁园春·百年苍黄 ··· 68
程宝顺 ·· 69
　　建党百年赋 ··· 69
张菁华 ·· 70
　　百年赋 ·· 70
郭浪栈 ·· 71
　　山高赋 ·· 71

第三辑　现代诗歌作品

刘春梅 ·· 72
　　党 ·· 72
土金磊 ·· 72
　　走向强大 ··· 72
何　礼 ·· 73
　　百年征程 ··· 73
禹长宏 ·· 75
　　郭沫若故居 ··· 75
段帮琼 ·· 75
　　东方雄狮 ··· 75

吴　森 76
　　时代之舟 76

苏腾腾 77
　　念先烈 77
　　我所挚爱的 77
　　信　念 78
　　盛世篇章 79

何　艳 79
　　忠诚的卫士，无限的荣光 79
　　旗帜与道尺 81
　　默默无闻的时代脊梁 82
　　凝心聚力，奋勇向前 83

阚兴彬 85
　　光荣与梦想四首 85

李晓岩 87
　　跟随党的脚步 87

张永涵 88
　　坚定不移跟党走，勇挑重担谋发展 88

宁效会 89
　　见　证 89

李明浩 90
　　走到非洲 90

戴浩庆 91
　　七一颂党恩 91

袁祥云 92
　　山河之路 92

李　超 ·· 93
　　不忘信仰　红心向党 ·· 93
马学增 ·· 93
　　路 ·· 93
李　冉 ·· 95
　　勇当巾帼女将，奋斗创造荣光 ·································· 95
刘忻忆 ·· 98
　　高速人，绘我蓝图献给党 ·· 98
刘德文 ·· 100
　　逐梦征程，"高速"疾行 ·· 100
张奉霄 ·· 102
　　我心中的党 ·· 102
李立群 ·· 105
　　庆祝建党 100 周年 ·· 105
李熙菊 ·· 105
　　纪念建党一百周年感想三篇 ···································· 105
张寅寅 ·· 110
　　忆古往 ·· 110
栾兆学 ·· 110
　　新宁梁 ·· 110
乔维威 ·· 111
　　建党百年有感 ·· 111
余海强 ·· 112
　　地势坤 ·· 112
岳小琰 ·· 112
　　风华吟 ·· 112

袁　东 ·· 112
　　感恩共产党 ·· 112
李林超 ·· 113
　　筑梦"一带一路" ································· 113
于国亮 ·· 113
　　百年烈火 ·· 113
李星昀 ·· 115
　　一个追星人的告白 ······························· 115
　　世袭长征精神的一代人 ························· 116
朱明鹏 ·· 117
　　赞建党百年华诞 ································· 117
王珊珊 ·· 118
　　智勇坪岚，实干报国 ···························· 118
翟秀卉 ·· 118
　　坪岚赋 ··· 118
张喜迎 ·· 120
　　初心永恒·奋勇前行 ···························· 120
王　雪 ·· 122
　　青年与信仰 ······································· 122
孙振邦 ·· 122
　　筑路人之歌 ······································· 122
温华军 ·· 123
　　清澈的爱，圆梦中华 ···························· 123
朱仁堂 ·· 123
　　发扬"小推车"精神，传承"沂蒙"情四篇 ······· 123

于 波 ·· 126
    建党百年吟报国 ·· 126

周业隆 ·· 127
    一带一路，奉献西部 ·· 127

季相国 ·· 128
    党旗飘扬，飘在你我的心上 ····································· 128

邢 飞 ·· 129
    我爱你中国 ·· 129

冯 亮 ·· 130
    致敬百年五四 ··· 130

吴 江 ·· 130
    你好，二十岁的山东高速 ··· 130

范鹏程 ·· 131
    庆祝建党 100 周年 ··· 131

王云云 ·· 132
    平凡中的不平凡 ··· 132

付 强 ·· 134
    我的奶奶 ··· 134

第一辑　采风诗词作品

◆ 孙义福

欧亚联运潍河特大桥行吟（新韵）

　　手挽长龙舞，心怀铁石栖。
　　扬旗风拂面，戴月雨沁衣。
　　计漏争分秒，求全补万一。
　　情牵欧亚运，丝路可同期。

济青高速路上行吟

奔行高速赶朝阳，绿树青廊旷野芳。
皆赞英雄多壮志，心牵海外爱无疆。

济青高速联运采风有吟

一路风行一路歌，歌沿高速汇成河。
河牵山海随心舞，舞罢诗来笑语多。

山东高速集团采风随吟

泉城东去访群英，诸友诗吟颂锦程。
青史留名丝路畅，六型高速振雄风。

潍青高速六标预制梁场行吟

巧手精工何处有,钢筋变得指间柔。
云中高塔凭谁傲,铁板铜琶唱一流。

菩萨蛮·欧亚班列青岛公司行吟

龙门吊货装丰满,深情送达千邦远。海陆联空运,独雄高速人。环球同冷热,丝路齐心铁。古邑绘新图,美名赢众呼。

永遇乐·沾临高速黄河特大桥行吟

海内由来,人间常颂,修桥铺路。立业兴邦,解民疾苦,青史书无数。秦无三世,隋伤炀帝,功绩却难消去。鹊桥边,牛郎织女,更诉几番情趣。　　风流今数,沾临高速,直驭神龙而去。戴月披星,钢筋铁骨,大吕红旗舞。鼠标轻点,质量控制,铸起擎天排柱。谁堪比、挥戈苦战,胜狼似虎。

◆ 耿建华

建桥工地有感两首(新韵)

一

高柱矗云天,钢筋任意弯。
一桥河跃跨,汗水透歇肩。

二

吊车伸巨臂,两岸筑桥桩。
挥手抟龙起,钢肩万力扛。

赞济南东服务区两首

一

厅堂明亮彩灯馨，美食香甜慰旅人。
车过济青停歇处，如家温暖侍亲亲。

二

服务区厅气象新，入门防疫克时瘟。
挥毫联手随心画，共赞倾情高速人。

高速路上两首

一

胶州离去向西行，行到潍坊过半程。
再访沾临工地畔，黄河桥上唱新风。

二

一路参观一路诗，东风处处舞红旗。
欣欣高速铺云锦，铁马顺风自在驰。

济南东服务区全球购

年货登丰丽满堂，全球代购越汪洋。
俄罗斯酒和松露，玉手划来异国香。

欧亚班列青岛中心

中铁联集四海通，航空船运陆飞功。
丹心串起丝绸路，高速山东万里雄。

高速公路收费员（新韵）

日伴阳光夜伴星，置身方寸万车通。

守关不问风和雨，去去来来送暖情。

修桥工人赞（新韵）

我为长桥铸大梁，一身泥水不嫌脏。

朝迎旭日钢筋竖，夕送红霞铁板长。

喜看车龙高速快，欣闻捷报旷场扬。

千双铁手托银月，坦道天天沐瑞光。

华清吟·沾临黄河特大桥

黄河浩浩向东流，欲渡须舟。盼桥飞架南北，长龙过水游。沉谋一展勿须忧。入云墩列迎眸。铁肩挑日月，虹跨锁金瓯。

◆ 林建华

山东高速集团赞

九州崛起舞龙人，威武东军似战神。

穿贯千山成大道，疏通万宇献青春。

一朝数地何须梦，八达诸城尽意巡。

剑指狂奔无止境，卓功惊世日惟新。

观高速公路

灰龙腾舞向天涯，绮丽风光一瞬时。

僻远梓乡倾刻到，纵横客路迩遥驰。

畅行四海终圆梦，巡看千山净乐诗。

铁骑呼鸣尽情转，乾坤变幻出神奇。

高速路收费站

开射戎弓如箭发，铁流日月奏佳音。

星罗四百镶齐鲁，脚步铿锵刻石深。

注：山东高速公路有收费站 400 多个。

济南东服务区

料峭寒冬腊月天，热流滚滚暖心田。

笑迎旅客春犹在，如意如家什物全。

高速路服务区里购全球

栈区耀眼购全球，洋货琳琅惬意游。

班列跨洲成势态，路连欧亚物常流。

注：高速集团开通欧亚班列，在服务区里就可以购买外国货。

收费站新年有记

众人客路梓桑忙，倩影芳容坐票房。

问候一声寒腊暖，频频招手送祺祥。

赞高速筑路工人

宏伟蓝图心底装，纵横山海遍封疆。

晴天泼汗如泉涌，阴雨侵衣似水泱。

铁臂通途追日月，银锤碎石著文章。

君同高速齐延展，筑路神州业绩煌。

参观高速公路建设工地有感

钢筋扭九弯，汗滴涌泉般。
一线穿南北，千城换鬓颜。
风烟山海处，气势地天间。
盛誉传寰宇，艰难只等闲。

山东县县通高速有感（新韵）

齐鲁银龙纵横穿，百千乡县路来牵。
朝行暮返平常事，打造生活一日圈。

咏"齐鲁号"欧亚班列青岛发运中心二首

一

沉沉一线贯西东，滚滚车轮欧亚通。
高速物流如闪电，劲歌猛进自强雄。

二

齐鲁通关出货场，遥遥高铁物流长。
集装箱发输欧亚，不尽财源丝路商。

标预制梁现场感吟

六标坚固路雄梁，跨海穿山厚地长。
智慧匠心惊日月，五洲冲刺盛名扬。

十六字令三首·箱（上合示范区多式联运中心装箱作业现场）

箱。堆跺如山待吊装。排排列，情谊内中装。
箱。期待车鸣欧亚翔。声声震，遥路行遐方。
箱。丝路车飞无界疆。拦不住，高速送群邦。

高速路上行吟

两耳风声尽是歌，随行洒落漫山坡。

穿梭日月神魂荡，滚滚车轮舞駊娑。

◆ 阎兆万

致敬山东高速建设者六首

钢筋工

硬汉豪情起，钢筋指上柔。

加班轮日夜，家国在心头。

电焊工

焊点红霞早，钢花伴夕归。

初心燃梦想，丝路我增辉。

浇注工

浇灌日当午，灰凝汗和土。

平安桥上过，谁念顶梁柱。

筑路工

躬身千里远，脚跨百城通。

筑梦修长路，山高敢为峰。

养护工

路患金睛识，平安守护神。

长年风雨伴，高速赖功臣。

欧亚班列

龙翔欧亚陆，万里复西东。

欣见新丝路，重旋大国风。

拼箱驰骋去，共雨化文通。

货换千夷镇，山高又一功。

◆ 郭秀生

山东高速路

山东路网邑乡行，欧亚机车电掣鸣。
玉带迢迢天际远，物流四海万华荣。

青潍工段党员

党徽熠熠闪工装，奋战青潍汗润芳。
高速初心情未尽，九纵环横谱华章。

高速工地电焊工

焊花四溅入情真，燃去风尘铺路新。
岁月沧桑初未变，喜迎通途接芳春。

沾临高速黄河大桥工地技工

神州工匠秀交通，艺技精良架彩虹。
天堑聚来贤毕至，黄河战罢再图功。

沾临高速展望

沾临高速度双城，滨博欣闻喜鹊鸣。
冬枣之乡千物畅，春秋古邑万园荣。
富从接壤迢迢路，贸活交流密密程。
遇水逢山增斗志，回眸无愧梦中情。

齐鲁号欧亚班列

海陆交融舜世谋,亚欧班列始胶州。
丝绸故道吟花雨,茶马新铃响锦秋。
车载浓浓华夏意,客来落落异乡悠。
互通贸易双丰利,一带东风万里遒。

高速服务区扶贫亭

采风高速锦霞迷,亮点吟材入韵题。
服务区中初放眼,扶贫亭里已成齐。
新疆红枣甘如醉,潍县青萝脆似梨。
决绝穷根天道远,途通金阙架云霓。

吟赠潍河高速施工部同仁

潍河高速架箱梁,唤我当年过往藏。
浇注桥墩随地起,铺平路面接天长。
春来杜宇啼晨色,秋去蒹葭带晚霜。
四季繁星难数尽,惟余励志写华章。

◆ 李宗健

赞高速收费员

通畅为谁守,殷勤寄路情。
随车多探问,望月几番生。
日照南山阔,烟笼北渚明。
年轮看即短,拱卫大泉城。

赞济南东高速服务区

车驻人情暖，熙攘礼貌同。

爱心随处有，好意自相通。

风雪家门外，温馨道路中。

纵然存酷暑，服务永无终。

山东高速见闻

路网周全大道行，游踪顺畅喜相迎。

筑成服务辅经济，打造平安助政声。

地构烟岚皆沃野，关开锁钥尽雄兵。

三千海岸沿途见，泰岳蓬莱一日程。

赞济南高速人

关隘晨昏山做邻，流通货物往来频。

辛勤日日巡阡陌，劳苦年年扫尾尘。

礼貌为民多笑意，守岗解困有精神。

平安顺畅东西客，犹记修桥筑路人。

青银路济南东服务区采风有寄

高速奔波是挂牵，此中吃饭与休眠。

平安齐鲁连千里，好客山东第一篇。

来往舒心成节日，缓疲劳解当新年。

几声问候旅途上，服务周全无后先。

赞济南东服务区欧亚班列进口货商店

通关货物为民生，囊括全球送与迎。

已达规模多样化，同筹事业更均衡。

曾闻此地无分利，果见公心致太平。

况有粉丝来采购，人间烟火自欣荣。

◆ 胡桂海

济南东服务区

料峭寒冬腊月天，热流滚滚暖心田。

笑迎旅客春犹在，如意如家什物全。

高速路收费站

开射戎弓如箭发，铁流日月奏佳音。

星罗四百镶齐鲁，脚步铿锵刻石深。

注：山东高速公路有收费站400多个。

收费站新年有记

众人客路梓桑忙，倩影芳容坐票房。

问候一声寒腊暖，频频招手送祺祥。

高速路服务区里购全球

栈区耀眼购全球，洋货琳琅惬意游。

班列跨州成势态，路连欧亚物常流。

观高速公路

灰龙腾舞向天涯，绮丽风光一瞬时。

僻远梓乡顷刻到，纵横客路迩遥驰。

畅行四海终圆梦，巡看千山净乐诗。

铁骑呼鸣尽情转，乾坤变幻出神奇。

过山东高速济南市中收费站

辕门立着守关人，迎送回营与踏春。

旭日升时彩云炫，繁星起处古风淳。

平安一句行千里，祝福同心寄万民。

高速如龙许多站，市中熠熠耀红尘。

山东高速集团青银路济南东服务区采风有寄

张开怀抱古城前，为使行人可歇肩。

玉食生香生惬意，风情入味入流年。

分明不是客之驿，至此何疑身若仙。

一颗珍珠连海岱，雄心笃信大于天。

观孙义福会长、耿建华院长
在山东高速济南东服务区即兴挥毫泼墨得句

凤舞龙飞纸上行，远来车马唱新声。

济青高速领军久，海岱蓝图弹指闳。

奋进须怀诗与路，消磨会助利和名。

常将画卷深深看，正气清音始结盟。

◆ 顾元隆

山东高速公路集团感吟

每逢索向咏谪仙，眉皱凝愁望路难。
鲜果堵成泥踏踏，近家绕了道弯弯。
劈峰人气千千脉，开钥商流万亿钱。
最酷晨阳追暮月，青春都在鲁齐间。

卜算子·山东高速人

透雪一株松，泽雨三丛竹。奉献青春化碧时，繁茂腾高速。心筑里程碑，血沁风华曲。一米安途一脉情，茁茁千层绿。

采桑子·印象山东高速济南东部服务区

芳菲一路春风里，不是花枝。更胜花姿。客服停车百境奇。汇成海北天南色，土味增辉。异调成霓。独创经营一步诗。

◆ 张维刚

采风山东高速公路集团

来访恰逢冬送春，江山一览画尤新。
康庄大道放声唱，去学辛勤高速人。

赞高速公路收费站服务区姑娘

市中直到济南东，高速风光美入瞳。
微笑甜甜春意暖，家家小妹靓如虹。

鹧鸪天·赞高速公路济南东服务区

谁种山梅又绽芽，济东院里满枝霞。厅堂装点泉城色，商品收全世界花。　春渐近，福多嘉。情融高速向天涯。歌声嘹亮征程远，送客迎宾温暖家。

寒垣春·访山东高速市中收费站

熠熠朝阳悦。送贺语、迎春节。江山靓丽，采风高速，留影跟帖。感慨人有志多英杰。梦致远、征程叠。喜耕耘、牛勤奋。一腔呈献心血。　尤赞夜班人，晨曦里、梅蕊开靥。苦累乐融情，察车电光摄。且随听、巾帼音韵，人生美、抒袖寒星月。再看阔宽道，唱吟词满阕。

◆ 王来宾

高速公路人

日月星云过，风霜雨雪行。

一年三百六，精益再求精。

胶州三里河公园

千年一古城，现代夜光明。

都市蛙虫叫，清河苇草青。

翩翩歌舞地，扭扭大秧情。

柳影涟波里，花姿阵阵风。

注：大秧，胶州大秧歌。

桥

花落枝繁夏暑急，桥基催促赶工期。

猖狂雨季奔流野，一座飞虹可叹奇。

收费站

奔流高速此时稀，路客除夕归故里。

剩有岗亭灯旧明，依然静静行公益。

潍河大桥

深扎泥土入云霄，横跨长河两岸骄。

巧匠忠心从砥柱，只为齐鲁更丰饶。

古历四月采风路上

布谷声声翠麦香，青波绿浪玉风长。

吹来五月轻舟起，满载黄金入大仓。

潍青高速六标预制梁场采风两首（新韵）

一

将帅多谋促事成，高台九尺问七星。

修桥责任如东岳，一日车流万辆行。

二

普普通通一个兵，精心守岗似钢钉。

大桥壮丽万千件，默默无闻所组成。

潍青高速潍河特大桥施工现场建造者

雄杰出手力不凡,遇水架桥如鲁班。
更奉科学真道理,丰碑自信后人传。

如梦令·欧亚班列货场

行吊白云惊怕,昼夜不分冬夏。出去又归来,齐鲁往回欧亚。欧亚,欧亚,一带路途如画。

长相思·齐鲁班列

外物流,内物流。班列长长不止休。鸣笛响箭道。　自胶州,去欧洲。此处迢迢为起头。去来都顺溜。

三字令·潍河特大桥(新韵)

花竞艳,柳争青,鸟鸣鸣。河道古,水波灵。遇良辰,一片土,遍葱葱。　机器响,彩旗明,百忙中。惊日月,喝群星。矗新桥,高速路,往来通。

南歌子·济南东高速公路服务区

一线连天际,通途驰四方。车来车去万千忙。苦旅还须温馨暖、解饥肠。　哪里随心愿,这儿入故乡。任君劳累又何妨。百样苦消云散、满春光。

行香子·滨州第一大桥采风记(新韵)

一派黄河,两岸青禾。柳新雨后鸟欢歌。滨州情意,惬意驱车。向桥工地,寻佳句,赋诗说。　桥墩乍起,横排一字,势如长龙跃山河。才华工匠,初建规模。待到秋来,那雄壮、怎描得。

第二辑　征稿诗词作品

◆ 李亚华

鹧鸪天·纪念建党一百周年

南湖黑夜一轻舸，红星燎原照山河。春秋百年复兴梦，济民仁政拂春风。　　秉信念，挺精神。清霾扫瘴除鬼疫。担使命，铭初心，齐鲁飞虹连天地。

◆ 李文耀

建党100周年感怀（新韵）

黄浦江头叠浪涌，碧波荡漾嘉兴湖。

善识云诡静中动，巧入龙潭深底伏。

先烈荣光千古颂，后生赤胆百年抒。

行舟侧畔涛声远，锦绣旌旗红色涂。

◆ 黄　璜

致"两个一百年"伟大征程（古风）

百年党旗娇正艳，华夏复兴谱新篇。

寰宇激荡迎变局，凌云壮志上九天。

◆ 夏长强 段永平

宏图（古风）

乘风破浪勇往前，匡扶中华驻新颜。
山河繁荣百姓乐，五湖四海喜报传。
探月航天行先路，抗疫救灾暖心间。
时代变迁气不改，举杯同乐庆百年。

◆ 卿 丹

换了人间（古风）

千年中华遭忧患，丧权辱国民维艰。
五四惊雷平地起，反帝反封护主权。
共产主义燎原火，领导人民把身翻。
工农携手聚合力，敢教日月换新天。
仁人志士接踵赴，碧血丹心勇向前。
荆棘坎坷浑不怕，百万雄师定中原。
神州遨游太空路，天宫嫦娥露欣颜。
奥运美名万国传，扬我中华新康健。
脱贫致富奔小康，众志成城战新冠。
百年征程奠基业，复兴梦想久愈坚。
祭奠勿忘告英烈，国富民强九州安。
后起吾辈多壮志，初心不改再向前。
万亿航母自今驶，六型山高续新篇。

◆ 孙玉龙

建党百周年贺（古风）

泱泱华夏多苦难，浴火重生谱新篇。

党领中国镰锤举，致富脱贫誓攻坚。

反腐兴邦党为先，安居乐业百姓欢。

百年建党兴伟业，举国同庆贺周年。

◆ 牟珊珊

沁园春·忆建党百年

岁在辛酉，乙未月末，南湖初见。求革命真理，甘抛头颅，救国救民，热血洒尽。南昌首义，井冈会师，五反围剿长征难。十三载，决死荡日寇，还我河山。反独裁建共和，看人民当家举国欢。　少年中国，强敌环伺，美帝觊觎，印越垂涎。雄师亮剑，怒斩仇寇，众人高歌齐凯旋。看今朝，铸千秋基业，国泰民安。

◆ 高　涛

胶州湾大桥（古风）

青红黄岛环海湾，堵阻绕断行路难。

党系民生军令下，高速子弟勇争先。

科竞创新渊立柱，蜓转腾挪梁飞天。

碧波飞渡光阴短，于民造福岁月长。

◆ 孟令君

望乡（古风）

冷暖两不知，川康望乡路。

苍茫暮迟迟，西海邀明月。

寥落孤星影，东归英雄日。

致远（古风）

百年舆六合，放眼彼岸远。

潮起两岸落，齐志越万川。

咏梅（古风）

三九风雪锥，漫卷百花摧。

山苍银蛇舞，惟立一剪梅。

逝而两首（古风）

一

潸潸雨泪别，追思尤悲切。

亲人天际远，文章当纸钱。

二

东门孝子贵，新冢万木青。

木兰今杰士，家祭告乃翁。

文心雕龙（古风）

故园倚碧春，十载引路人。

百世学不止，科识贯古今。

人生苦自短，老骥志寻真。

恭闻恩师语，鸿儒愧汗襟。

千里回首百年话纪行（古风）

行行复行行，河朔向内蒙。

雪夜宿承德，清晨奔赤峰。

蜿蜒冰霜路，曲折雨雾中。

满目萧条意，枯枝似飞蓬。

飞驰塞外急，窗外北风冷。

寒气透锦衣，雪光耀征程。

关山度不易，心底惆怅生。

千里走铁骑，同圆畅和梦。

前出塞（古风）

疾风劫离草，轻飚上九霄。

铁骑驰古道，搭弓射飞雕。

海阔点滴聚，跬步千里遥。

漫漫征途志，喜看雪风骄。

拨云跃日辉，一扫百萧条。

倚天抽宝剑，直指冠军袍。

与艰同勇义，与险共原燎。

南北齐开拓，万方辟疆涛。

新游子吟（古风）

幼时窗前明月光，慈母抚吟入梦乡。

而立四海望明月，遥思故土白发娘。

◆ 高　旭

百年建党赞（古风）

百年春秋看红船，千里高速贯河山。

一路鲜花伴齐鲁，四方碧草映坤干。

初心一片扶贫志，使命二字勇承担。

畅通无阻驾乘乐，且看熙攘共陶然。

◆ 郭　冉

鹧鸪天·庆祝建党一百周年致敬交通人

高举红旗一百年，齐心奋力势空前。近城远镇变新貌，绿水青山换旧颜。　崇奉献，尚科研。中华儿女敢争先。已修公路超千万，跨海过江谈笑间。

◆ 苏腾腾

华夏大地

光照东方九州地，星耀华夏千年史。

红旗所向昂首扬，赤忱万万显峥嵘。

◆ 孙鲁梅

庆建党百年有感

南湖意略造英雄，驽马长征赫战功。
还政勤民昭日月，安邦强国贯长虹。
百年盛世齐施翮，千刃重担恰摄弓。
筑梦青春兴华夏，晴岚万里遍东风。

浪淘沙令·弘道莫空闲

弘道莫空闲，舒卷斑斓。东风濡墨换春颜。今好读书无悔憾，切莫贪欢。　　国盛百年坚，大好河山。浊醪壮志越雄关。人到中年提胜势，汗漫人间。

念奴娇·青春无悔

青春无悔，纵横行万里，凌霄昂志。怀抱古今同筑梦，一路飞驰骐骥。通贯融长，楚咻庄岳，巧匠皆多思。长空挥斥，便随风雨历试。　　自牧不负时光，雄关漫道，初心无更易。拟笔行云书华夏，寻道当如雍季。万里齐辉，九州同望，锻造千年器。山川红日，东方升起丹帜。

◆ 于　涛

沁园春·庆建党一百周年

举国上下，红旗招展，万山红遍。看一百周年，炎黄争先，南湖红船。井冈星火，遵义狂澜。纲定洛川，驱倭反蒋破楼兰。城楼上，听伟人一呼，盛世开元。　　抗美援朝卫国，扬军威横扫众敌顽。迎改革开放，沧海桑田。一带一路，命运与共，脱贫攻坚。阻击新冠，绿水青山作画卷。谋复兴，仗东风北斗，神州飞天。

◆ 卢　健

新征程礼赞（古风）

曾盼广厦庇寒士，太息民生何其艰。

红旗所向战鼓动，青山难阻征辔前。

千载潦倒成故语，百年一诺换新天。

勇担使命在山高，万众一心星火燃。

蓝图绘就复兴梦，实干再换九州颜。

炎黄气节冲霄汉，雄鸡振翅破云天。

◆ 孟凡宇

红色记忆（古风）

红船铸史在南湖，薪火筹传上井冈。

扶摇万里勇长征，神州大地红旗扬。

抗日豪情洒碧血，民族独立战列强。

劳苦大众何当家，南征北战誓赶蒋。

风雨兼程中华梦，砥砺前行谱新章。

百载虽过仍少年，不忘初心铸辉煌。

◆ 左志强

展宏图（古风）

红船精神终燎原，浩荡乾坤换新天。

抗击外侮保国土，终结内战建政权。

改革开放强国力，脱贫致富勇攻坚。

励精图治谋发展，百年大党谱鸿篇。

◆ 崔 斌

沁园春·建党百年

日出东方，千山红遍，百年华诞。俯瞰五千年，共产主义，危亡时刻，世纪宣言。尽除三山，中国梦圆，昔日巨龙重盘旋。再回首，缅革命先烈，心愿未满。　百年未有之变，让英豪风采今重现。叹亚非拉美，地覆天翻，世界格局，趋同多边。一带一路，引炎黄子孙立云端。党领导，直面新挑战，永远向前。

◆ 吕传青

百年华诞谱新篇，山高发展铸辉煌（古风）

何曾惧怕炮火烟，银枪骏马震外番。

驱得列强悉数去，红旗一杆耀河山。

安民先除内外患，万象改革迎春天。

百废俱兴创世纪，莫忘初衷再扬鞭。

值此诞辰百周年，忆罢旧苦思今甜。

社会主义新发展，一带一路勇向前。

日月朝夕星辰变，恒心赤胆挂云帆。

凝心聚力干实事，山高发展立标杆。

交通振兴换新貌，众生心暖笑逐颜。

◆ 陈丹凝

一路前行四首（古风）

一

集团奋战十四五，万众齐心干劲足。

成绩斐然业突出，齐鲁欢呼世人瞩。

二

城市皆通高速路，通行能力成倍出。
投资建设上台阶，拉动经济迈大步。

三

改革创新惠民生，多措并举重服务。
初心不改重任担，脱贫攻坚有态度。

四

勇立潮头奋扬帆，矢志不渝信念足。
使命在肩再出发，奋发前行看高速。

◆ 单裕隆

咏新（古风）

百年峥嵘恍如昨，惩前毖后救山河。
不负星火燎原意，东方独秀新中国。
神州九天云霄在，改革开放驰掣快。
砥砺奋进数十年，昂首迈入新时代。
新风雨露化春泥，脱贫攻坚全国齐。
十强产业正阔步，城乡发展又初立。
昂首挺胸正向前，好似良驹又一鞭。
五大板块齐展翅，一日千里换新颜。

◆ 王明岳

国泰民安（古风）

齐鲁自古繁华地，高深不与等闲同。

参天一柱先回日，彻地千声万事成。

荡荡思将图兴业，干干意待为民生。

安居乐业齐拍手，满目青山映日红。

◆ 隗凯宁

建党100周年有感（古风）

南湖红船，诞生伊始。

马列主义，思想武装。

铁锤镰刀，红旗漫卷。

大浪淘沙，不畏险难。

浴血拼杀，旗帜浸染。

独立自主，捍卫尊严。

昂首阔步，经济发展。

改革开放，道路拓宽。

继往开来，再创辉煌。

强国富民，自信自强。

初心如磐，使命不忘。

民族复兴，我辈担当。

◆ 何 艳

沁园春·路桥工人赞

　　当代愚公，筑路先锋，路桥英豪。忆往昔峥嵘，披荆斩棘，群山挪移，江河倾倒。神州动脉，纵横四海，天堑通途行迢迢。邀太白，越千年眺望，今朝蜀道。坐地日行万里，润公豪气得见分晓。　沐南湖烟雨，继往开来，红船破波，百年目标。复兴之路，功成有我，旌旗漫卷五星耀。盼他年，待中国梦圆，凯歌声高。

◆ 张 伟

随感五首（古风）

一

北国雪垠地，猎猎迎长风。
五载擘计画，浓浓齐鲁情。
会当凌绝顶，山高人为峰。
云烟历在目，今日傲苍穹。

二

岱宗何巍峨，群山无与比。
目尽长空闲，凭崖揽八极。
造化钟神秀，三年望齐鲁。
竞舸激勇进，会当擎旌旗。

三

流火七月临泉城，学海无涯意气浓。
钱塘江畔心激越，中流水击潮正涌。
齐鲁锣声寰宇震，一带一路力扛鼎。
人生易老天不老，继往开来大道行。

四

流火七月又泉城，逸夫砥砺意正浓。
百年殿堂心激越，气有浩然学无境。
初心使命昭日月，以人为本功自成。
人生易老天不老，凝心聚力大道行。

五

甲午国殇怒难平，落日辉煌发轫醒。
前赴后继英豪在，高山仰止逞义勇。
金猴奋起千钧棒，睥睨天下玉宇清。
历史抉择是正道，担当作为方作行。
不畏浮云遮望眼，乱云飞渡仍从容。
初心使命砥砺志，一带一路世大同。

临沂行（古风）

流火七月又临沂，信仰激越更砥砺。
谷幽壑深美如画，丰功伟绩高山止。
一带一路惊世界，红旗猎猎震寰宇。
继往开来大道行，共绘齐鲁壮丽图。

放歌（古风）

油城绿洲欢声沸，赤热襟胸情为谁。
以人为本初使命，智慧交通ＥＴＣ。
上下同欲聚胜力，八方联动大作为。
万众一心兴大道，人歌波涌尽朝晖。
风物长宜放眼量，江山多娇齐鲁美。

调寄毛主席《采桑子·重阳》随感（古风）

人生易老天难老，岁岁冬至，今又冬至。春潮涌动齐鲁地。一年一度疾风劲，不似春意。胜似春意。竞奋擘划旌旗计。

◆ 朱建国

大路之歌（古风）

方针政策一令下，高速强军万马上。
桥隧路接通四方，天地水融奏乐章。
东西南北连成网，村乡县市振兴起。
条条大路似琴弦，人人唱起筑梦歌。

◆ 高福春

初心（古风）

朝霞晓露出东方，清澈水流源头涌。
勿忘根基家可在，兰香依旧万花浓。

高速公路行（古风）

娇颜天成浓墨色，曲直有别莫怨风。
两边绿色手舞动，一心专注数往曾。

逐梦高速（古风）

苍龙跃动水云间，万里前行万里梦。
踏浪迎风深蓝色，伴月逐朝大漠行。
雨雪吹来柔筋骨，酷暑煎熬绘平生。
意志铺满高速路，家国情怀信念增。

满庭芳·青州服务区走进新时代

几度春秋，逐梦高速，万千事又唤醒。车泊风住，有序靠多停。几处窗口忙碌，笑问候，声送浓情。独悬外，举轻若重，方寸细节静。疏导全在手，风扫尘埃，自信前行。勿相忘，掌声过后清零。往事无需出处，挥挥手，把盏茶茗。　　新时代，任凭风雨，挽袖做新兵。

◆ 柴 蕾

赞两会

京城两会聚精英，万众欢歌奏乐鸣。
代表高台商国是，委员议事话民声。
神州巨变千年颂，禹甸山河百世名。
只待中华圆大梦，红歌咏唱再征程。

庆祝建党 100 周年

红船伟略贯神州，赤血镰刀壮志酬。
星火南湖宏马列，风烟泰岳解民忧。
救生万众垂千古，推倒三山颂九秋。
不忘初心求富裕，中华崛起誉全球。

纪念中国共产党建党 100 周年抒怀

红船聚义旌旗展，星火燎原上井冈。
百载行程风雨雪，千年大梦谱新章。
中央号召明方向，华夏开樽唱小康。
高速畅通财运路，宏猷一带富家乡。

◆ 薛筱扬

脚踏实地跟党走，深化改革新作为（古风）

星星之火可燎原，浙江南湖燃未来。
鲜血照亮改革路，镰刀锤子破阻碍。
毛邓思想三代表，八荣八耻中国梦。
抗震救灾战疫情，人民安全放心间。
风华正茂辛丑年，深化改革聚发展。
拼搏进取新风貌，精神文明永流传。
推动加强促党建，牢筑企业根与魂。
扩大企业产业链，促进经济新发展。
勇于创新勤开拓，开创改革新局面。
加强员工凝聚力，携手前行建未来。

◆ 毛伟臣

党史颂（古风）

晦暗泥淖双半地，列强霸权遮天日。
万众凄苦无所依，雄鹰只知劲风疾。
红船聚义携光至，旌旗招展迎旭日。
艰苦奋斗一百载，誉满全球天下知。

◆ 张 雨

满江红·迎大考

庚子新冠，武汉窜，万分险恶。大考前，指挥若定，关怀倍切。迅速斩断传播链，全国动员稳陈肺。城与村，严谨又科学，志如铁。　逆风行，争时刻。不惜代价，免费救治切。耄耋少壮皆劲旅，逆战控疫办法多，疫苗支援五大洲，首胜夺。

◆ 岳福华

畅和高速情

囊日郊游选路艰，今朝高速互通天。
似疑锦带飘齐鲁，又宛蛟龙越岭川。
畅旅怡然时霎返，东西南北客颜欢。
出行品质余音绕，举盏同恭诞百年。

◆ 霍晓燕

百年征路绘新篇

百年征路绘新篇，高速凯歌谱和弦。
南北通衢连四海，三山五岳尽翩跹。

◆ 张　茜

跨越历史的轨迹（古风）

江山飘摇悲辛亥，衰草萋萋民生哀。
冻死骨无凌霜志，朱门绅有聚财怀。
哀鸿唱罢忧时事，英雄四方拔剑才。
斗士几觅救国路，蜿蜒终得洞户开。
马列忽化及时雨，小径春风生青苔。
红船一系南湖梦，狼毫笔走篇章来。
党心如海吞日月，工人布衣入舞台。
青山几多埋忠骨，壮士长眠革命怀。
回首傲看千里雪，雄姿踏碎千江月。
笑数六万五千里，不过鸿鹄归两载。
长戈一洗倭寇血，金陵城下红旗抬。

蜀道难攀终揽月，东方苍龙踏云来。
不见税重徭役苦，唯见农户笑颜开。
万里江山民做主，笑看世界风云改。
稻米新收仓廪实，科技智能入户来。
小楼歌罢太平世，党心党魂耀百代。
莫忘党恩传精神，种得红花遍地开。

◆ 曹兆峰

建党百年感怀（古风）

今岁华年喜欲狂，追思往昔慨而慷。
南湖星火燎原势，大地风雷谱锦章。
世纪征程踌满志，巍然屹立亮东方。
炎黄儿女初心在，国泰民安华夏昌。

◆ 殷 菲

建党百年有感（古风）

世纪强国图复兴，百年建党梦回长。
辛亥革命医沉疴，五四运动救危亡。
南湖红船计盛世，井冈山上旌旗扬。
工人运动漫天卷，万里长征保锋芒。
遭逢日寇犯华夏，军民齐心诛豺狼。
西柏坡上吟长歌，瓦窑堡前颂华章。
三大战役民心向，开国大典始辉煌。
改革开放大跨越，港澳回归意铿锵。
脱贫攻坚千家乐，全面小康万户祥。
国力威加海内外，山东高速扬帆航。

全心全意谋发展，规划经营治有方。
不忘初心一盘棋，牢记使命业绩强。
随党共建十三五，金字招牌美名扬。
主营业务范围广，经济效益跨越涨。
智慧高速建体系，便捷高效路远畅。
高速科技猛发展，海外担当树形象。
基建速度傲寰宇，中华复兴绽光芒。
壮丽蓝图已绘就，织密路网我保畅。
竭尽自身绵薄力，广融致远梦得偿。
愿做山高螺丝钉，辉煌常念党恩长。

◆ 王　鹏

满江红·党旗颂

东方巨龙，豪情起、四方来贺。凭栏望、乾坤英气，独领风骚。华夏腾飞傲寰宇，大国神威震云霄。恰东风、雄姿展五洲，四海骄。　　曾经苦，中华弱。红南湖，点星火。有万千人杰，欲征天象。旧制三山齐殁消，百舸争流看今朝。感百年、炎黄皆同庆，金光耀。

◆ 鞠军磊

赞歌献高速

热血丹心冒雨行，青山碧水任纵横。
蓝衣自有千年梦，白发依存两字名。
奉献青春终不悔，耕耘岁月已功成。
欣逢双百云天庆，高速腾飞举世惊。

◆ 李永普

八声甘州·脱贫攻坚（新韵）

　　看千秋伟业世惊殊,全国小康庄。党宣攻坚战,脱贫奏凯,喜告炎黄。助力扶贫重任,高速勇担当。党派先锋队,决胜穷荒。　　入户访难问苦,致富谋远道,建厂招商。筑渠粮高产,修路畅八方。引光伏,街灯明亮。感党恩,笑语满村廊。油楼好,牡丹争艳,名溢花乡。

◆ 张家富

复兴之路（古风）

　　风雨兼程一百年,桑田沧海赖英贤。

　　雪山草地何为惧,揽月神舟辟纪元。

　　千古丝路今又起,攻坚脱贫艳阳天。

　　青山绿水歌如海,复兴中华黎为先。

◆ 丁兆忠

晨望胶州湾大桥感怀（古风）

　　黄海滟滟一波平,红日冉冉共潮生。

　　水天一色潋紫气,东方破晓天下明。

　　一桥飞架接青黄,云兴霞蔚腾巨龙。

　　六型山高从头越,更立潮头说英雄。

沁园春·元宵

恰逢上元，火树银花，星雨灿烂。看千街万巷，熙来攘往，红男绿女，风姿翩翩。玉兔东升，染柳烟浓，万千风物竞婵娟。独倚栏，愿山河无恙，国泰民安。　　遥想千古江山，有谁知兴衰勃忽焉。昔秦皇开国，转瞬归汉，开元梦酣，渔阳鼓喧。西湖歌舞，暖风醉人，已忘血泪靖康难。俱往矣，今走出周期，初心永传。

◆ 付国义

红船精神永留传（古风）

红舫划破不夜天，船启南湖孕新篇。

精英共商天下计，神州自此星火燃。

世间正道惟其艰，代有雄杰书心丹。

留取初心谋复兴，传之吾辈更向前。

◆ 付　康

共产党颂（古风）

沧海横流世事艰，此峰砥柱在人间。

初心百年正风华，不负人民国梦圆。

◆ 李宇杰

建党百年有感（古风）

益羊铁路展翼翔，锤镰高举骋疆场。

铁道线上送薪火，车站楼前聚俊贤。

国家强盛千秋喜，民族和谐万象妍。

上下同心圆大梦，凯歌声里谱新篇。

◆ 王　凡

益羊庆党百周年感怀（古风）

益羊集会红旗扬，铁路货运显担当。

脚跨三山通两海，肩抗四矿背五缸。

荆荷绽放金瓯固，火车奔腾赤县昌。

党群齐心把企建，共步迈进新篇章。

◆ 徐天航

庆祝建党 100 周年（古风）

百年不寻常，丹衷献一腔。

奉公清到骨，弘毅韧如钢。

须眉自奋起，巾帼也不让。

弦歌诗纵笔，壮岁比天长。

◆ 高君坪

绝句（古风）

尤记画舫逐浊浪，百年红光染青装。

银链迢迢通四海，铁牛俯首垦八荒。

◆ 朱　鑫

咏复兴（古风）

辛酉沪地星火生，九州八方意气同。

中国特色开新篇，山高水远正光明。

◆ 马国强

百年奇迹（古风）

百年风雨任飘摇，披荆斩棘愤图强。
生而为民扛日月，重整河山震八方。
两弹一星壮国威，改革开放旗高扬。
脱贫攻坚创奇迹，康庄大道续华章。

◆ 倪楚君

建党百年抒怀（古风）

日出东方南湖上，抗日卫国保家园。
推翻三山得解放，实现四化开新篇。
九州昌盛黎民乐，百业兴旺捷报传。
辉煌功绩荣华夏，众民同心庆百年。

贺建党100周年（古风）

红星照耀一百载，华夏巨变展新颜。
破碎山河趋大统，和谐春风暖心间。
宏图大展从民意，国富民强梦成真。
中华崛起迎盛世，巨龙腾飞颂党恩。

◆ 刘 娟

念奴娇·庆祝建党100周年

神州万里,揽琼楼玉宇①,路桥穿越。车辇骛行人不见②,翠叠天姿奇绝③。物产丰盈④,新村通秀,煮酒酬新月。日和风暖,盛时逢处佳节。　　故国远思悠悠,鲲鹏展翅,历历沧桑阅。千骑重来尘与土⑤,遍地红旗英烈。纵目长江,同斟北斗⑥,圣地邀贤哲。百年如梦,抱怀依旧明彻。

水调歌头·祝贺中国共产党百岁生日

世间风雨路,壮士几春秋。南湖光景,不负红色领航舟⑦。大任肩挑日月,热血心怀天下,主义岂能丢⑧。乱世惊涛处,砥柱立中流⑨。　　驱

---

① 琼楼玉宇:指月中宫殿,仙界楼台。也形容富丽堂皇的建筑物。出自晋·王嘉《拾遗记》:"翟乾祐于江岸玩月,或问:'此中何有?'翟笑曰:'可随我观之。'俄见琼楼玉宇烂然。"

② 车辇:泛指各种车辆。《周礼·地官·小司徒》:"使各登其乡之众寡,六畜车辇,辨其物,以岁时入其数,以施政教,行征令。"骛行:疾驰。骛,通"鹜"。《穆天子传》卷一:"天子西征,骛行,至于阳纡之山。"

③ 叠翠:层层的翠绿色。天姿:指天然风姿。宋·苏轼《定惠院海棠》诗:"自然富贵出天姿,不待金盘荐华屋。"奇绝:奇妙到极点,非常奇妙。

④ 丰盈:富足。《战国策·赵策》:"甘露降,风雨时至,农夫登,年谷丰盈,众人喜之。"

⑤ 千骑:形容人马很多。一人一马称为一骑。南朝梁·简文帝《采菊篇》诗:"东方千骑从骊驹,更不下山逢故夫。"

⑥ "同斟北斗"句:同斟:一起饮酒。宋·张孝祥《念奴娇·过洞庭》:"尽吸西江,细斟北斗,万象为宾客。"

⑦ 红色领航舟:指的是南湖红船。党的"一大"会议在白色恐怖中召开,由上海转至嘉兴,在南湖红船上完成缔造中国共产党的使命。

⑧ 主义:某种特定的思想、宗旨、学说体系或理论;对客观世界、社会生活以及学术问题等所持有的系统的理论和主张。夏明翰《就义诗》:"砍头不要紧,只要主义真。杀了夏明翰,还有后来人。"

⑨ "砥柱立中流"句:意思是指,就像屹立在黄河急流中的砥柱山一样,比喻坚强独立的人能在动荡艰难的环境中起支柱作用。《晏子春秋·内篇谏下》:"吾尝从君济于河,鼋衔左骖,以入砥柱之中流。"

虎豹，除瘟疫，为民谋。长城内外，俯仰依旧是神州。好把文韬武略①，换取青山绿水，得岁便无忧②。事业无穷尽，百尺更高楼③。

◆ 乔维威

卜算子·建党百年

百年诞辰时，举国同欢庆。探索发展为复兴，实践中国梦。 改革路悠长，意志终坚定。精准扶贫克难关，铺就幸福路。

◆ 王海军

红心颂党（古风）

红船游到江中间，心中只为明朗天。
一线为民共产党，成立以后红遍篇。
日新月异变化大，高速公路一条心。
哪有需要哪有我，精准扶贫在心间。

◆ 余爽露

百年颂（古风）

南湖红船星火燃，华夏辽原旗帜扬。
革命英豪热血洒，九州红色政权立。
抗日驱寇民族兴，逐蒋解放大国起。
百年奋进从头越，冉冉红星万里行。

---

① 文韬武略：韬，指《六韬》，古代兵书，内容分文、武、龙、虎、豹、犬六韬；略，指《三略》，古代兵书，凡三卷。比喻用兵的谋略。出自明朝施耐庵《水浒全传》第四十七回："你便有文韬武略，怎逃出地网天罗。"
② 得岁：犹有年，丰收，收成；增长年岁。此处借指有生之年。
③ 百尺：十丈。喻高、长或深。晋朝·左思《咏史》之二："以彼径寸茎，荫此百尺条。"寓意高瞻远瞩。

◆ 胡 舸

庆祝中国共产党建党一百周年

提颅事业敢开天,总替苍生涕泪悬。

苦海回看沉黑夜,慈航幸得舵红船。

难忘雪雨八千路,已逐风云一百年。

赖有锤镰擎正道,当期指日复兴篇。

沁园春·庆祝中国共产党百年华诞

主义铭心,红船劈浪,救我神州。哭疮痍满目,饥寒遍野,山河涕泪,国子蒙羞。黑夜长眠,睡狮不醒,四亿炎黄尽作囚。曙光现,春雷惊天地,奋起吴钩。　英雄砥柱中流,枪杆子,九原搏自由。忆五重围剿,三湘血战,井岗翠竹,赤水奇谋。南贼仓惶,东瀛远遁,鼎沸天安壮志酬。歌一曲,党史辉百载,永固金瓯。

◆ 李绍阳

庆华诞（古风）

江山代有才人现,盛世齐力竞曙光。

道畅人和贯神通,山东高速谱华章。

风衢通达系民祗,志远泽员为企强。

蓄势征帆乘险浪,行稳瞩远华夏昌。

◆ 王严迪

颂党（古风）

建功立业当自强,党坚势盛志气刚。

百花争鸣山河映,年丰岁稔是今朝。

◆ 江 宇

忆百年六首（古风）

一

南湖红船梧桐雨，民族大计帐内商。
建党立篇定伟业，开天辟地谱新章。

二

长征道路阻且艰，红军精神万年颂。
八年奋战血浸染，开国大典震宇寰。

三

改革开放春满地，铸就辉煌越古先。
神州何曾惧虎豹，港澳回归一统业。

四

入常入贸四海庆，八方来华商贸兴。
抗震除洪军民情，九州凝心天灾平。

五

蛟龙五洋深入海，嫦娥携星探太阴。
龙腾盛世奥运景，古国风姿展文明。

六

助农扶贫民阜丰，一带一路四方聚。
复兴华夏中国梦，且观今朝党奋进。

◆ 戴 浩

英烈筑丰碑（古风）

睡狮东方民哀叹，红旗翻卷蔚云栾。

镰锤驱驰向鞑虏，唯抛头颅气若兰。

旭日东升山河秀，天转地圜扭干川。

莫道歧路沧桑处，一曲长歌祭英还。

◆ 董秋莹

致中国共产党百年华诞（新韵）

千秋伟业始红船，赤子南湖谱巨篇。

闪闪锋镰驱鬼魅，铮铮利斧斩魔顽。

点燃星火燎原野，唤起工农顶住天。

不忘初心跟党走，百年旗帜树威廉。

◆ 李同宁

百年大党（古风）

一九二一，驶来红船。

党的思想，由此发端。

革命道路，坎坷曲折。

大浪淘沙，总有泥丸。

国共合作，三民主义。

新篇砥砺，南昌起义。

响第一枪，威武雄壮。

八七会议，默默梳理。

纠正路线，秋白掌权。

枪杆子里，方出政权。

秋收起义，泽东领导。

进军农村，思想主导（古风）

古田会议，改造军队。

人民军队，中共领导。

遵义会议，领袖树立。

新的航程，由此开启。

瓦窑堡里，战线统一。

洛川会议，发动游击。

敌后抗日，建根据地。

日本投降，举国欢畅。

中共七大，三大作风。

提出确立，二中全会。

两个务必，中共八大。

矛盾变化，三中全会。

解放思想，实事求是。

团结一致，党十二大。

道路清晰，中国特色。

社会主义，党十三大。

理论阐述，基本路线。

立国之本，南方讲话。

解放思想，小平旗帜。

十五大扬，三个代表。

科学发展，前赴后继。

为国为党，十八大后。

反腐倡廉，力度空前。
勤俭节约，小事体现。
上天入海，人民豪迈。
二零二一，建党百年。
新的征程，由此迈开。
展望未来，前途似海。

◆ 张贵勤

沁园春·武汉

己亥辞旧，省亲思岁，旅归梦残。惜九省通衢，三城岌岌，毳毶山娟，鞠躬勉勉。六合驰援，守江卫鄂，白衣戎甲共鏖战。方舱令，聚党群学匠，火雷捷善。军民动魄天堑，惊薇宏八仙报国安。痛域外营苟，黎民草菅，尽瘁无寐，万生谁怜。海川空天，精英出征，雄鸡强鸣驱霾暗。今韬晦，致炎黄承传，风流宇冠。

沁园春·疫战

恰逢佳节，天蓬辞岁，游子心归。蓦阴云忽至，疫袭江汉，三城危殆，衢锁邑围。钢铁白衣，安危何计，不斩瘟魔誓不回。庇万民，凭能工劲锐，驭火驱雷。军民卓绝动魄，老幼弱、深居报国为。感海外赤子，心援力助，相濡相济，共铸丰碑。图计千秋，疫苗广种，扭转乾坤华夏绥。从头越，看吾辈中华，环宇称魁。

◆ 向 菲

念党恩抒怀（古风）

雷鸣天宇举世惊，神州遍地旌旗红。

铁锤砸碎三座山，镰刀割断万代穷。

冲破重围等闲事，铁骨忠魂贯长虹。

中华民族不可欺，又见领袖酬复兴。

◆ 姜 斌

百年辉煌（古风）

南湖红船立党章，百年锤镰铸辉煌。

祖国强盛人心齐，伟大复兴国富强。

一带一路金光道，造福世界赢赞赏。

山东高速联四海，欧亚班列通天下。

道路通畅保平安，文明服务效率高。

金鸡一鸣战瘟疫，众志成城抗新冠。

华夏巨龙腾云起，神州雄狮威名扬。

◆ 姚新丽

沁园春·建党百秩华诞之山高水长

一枝独秀，始建南湖，百秩华诞。看中华盛世，民族复兴，山河锦绣，壮丽磅礴。巍巍齐鲁，阡陌纵横，改革兴路势必行。习总讲，须砥砺前行，牢记使命。九纵五横一环七射多连，不再是梦。　恰山高水长，吾辈自强，勠力同心，攻坚克难。创新山高，风雨兼程，盛世腾龙谱长卷。道固远，笃行必可至，跃马挥鞭。

◆ 陈攀建

建党百年（古风）

千古江山风飘摇，南湖船上起争朝。
驱除鞑虏救国日，建国安邦民向往。
人民英雄子弟兵，抗美援朝展英豪。
土地革命分田地，改革开放有新招。
香港澳门齐回归，一起迈入新纪元。
上天吾有神舟号，下海吾派航母舰。
嫦娥奔月探银河，蛟龙入海寻新生。
奥运世博展国力，天安门前亮军威。
地震洪水官兵至，非典新冠南山达。
解决温饱袁爷爷，共步小康习大大。
回顾百年峥嵘日，更盼今后共富时。

◆ 崔延胜

党颂（古风）

建党百年道沧桑，风火霹雳荡冰霜。
星汉沉沉托日月，波涛滚滚入海江。
贼寇狼虫辱家邦，烽火连天地荒荒。
天佑炎黄天降党，又送贤圣入朝堂。
驱狼逐寇复开疆，重振门楣万道光。
此是龙吟虎啸地，八面来朝向东方。

◆ 姜　涛

百年奋斗路（古风）

百年奋斗路，一部传奇书。

立志谋复兴，何惧风雨阻。

理论宗马列，工农为基础。

开辟新天地，探索新道路。

人民是主体，改革是正途。

国家大发展，东方起宏图。

党员九千万，谁人不叹服。

带领几亿人，脱贫又致富。

奇迹载史册，前进不停步。

实现强国梦，当惊世界殊。

◆ 于婷婷

复兴伟业创辉煌（古风）

南湖红船一抹亮，诞生中国共产党。

血雨腥风何所惧，星火燎原大风扬。

三座大山被推倒，改革开放正图强。

百年华诞再出发，复兴伟业创辉煌。

◆ 朱礼宾

建党一百年有感（古风）

栉风沐雨一百载，脱贫攻坚显情怀。

三牛精神写新篇，小康路上谱华彩。

建党百年感怀（古风）

千年乌云漫九州，工农血战解民忧。
率领万众齐奋斗，共产党人功千秋。
改革春风拂大地，科学发展立潮头。
伟大民族复兴梦，功成华夏志可酬。

◆ 张洪铭

脚步（古风）

风雨飘摇国家难，前路泥泞行路艰。
十月革命红炮响，惊醒热血好青年。
南湖游船定大计，不畏生死历考验。
面向屠刀无惧色，誓要华夏见晴天。
赶走列强乾坤定，推倒三座压迫山。
翻身农奴得土地，自力更生笑开颜。
努力建设现代化，强军强国把梦圆。
嫦娥起舞天宫去，东风利剑指天边。
天灾无情多磨练，运筹帷幄渡难关。
镰刀锤头一百年，华夏大地换新颜。
高举旗帜奔向前，续写中国新华篇。

◆ 彭 飞

百年梦（新韵）

一叶红船迎浪起，建党百载梦飞扬。
依稀旧岁山河泪，已化今朝锦绣章。

◆ 邢献波

党颂三首（古风）

一

南湖一红船，儿女未等闲。
昨天星星火，今日已燎原。

二

功盖始皇祖，名成南湖船。
走进新时代，人人笑开颜。

三

十八十九严治党，自我革命毅力强。
不忘复兴千秋业，一心一意治国忙。

◆ 张致豪

庆百年八首（古风）

一

犹忆前世国运孱，山河破碎遍苦寒。
凶鹰扑肉尖爪利，狂犬吠天血肉残。

二

仁人无畏行义举，志士凯歌挥铁拳。
扶危救国担授命，共产党人挽狂澜。

三

月浦一炬光虽小，星星之火可燎原。
燎原之火乃天意，惟乎东方红漫天。

四

筚路蓝缕一百年，回眸初心载红船。

改革发展多豪迈。牢记使命挂云帆。

五

宇宙天眼卧黔山，坦途飞桥跨琼湾。

前有老树抗黄凤，今有栋梁卫国安。

六

胜利收官十三五，规划承启新纪元。

动能改革蓄厚劲，山东高速正当先。

七

全局擘画新发展，青笔续写山海天。

党群军民齐心力，模范先锋书新传。

八

举世瞩目新华年，建党伟业功未闲。

吾辈须承强国志，共筑崛起待明天。

◆ 刘加海

党耀中华正芬芳（新韵）

百年华诞忆初心，学史明德励后人。

红色基因能继世，文明实践唤来春。

复兴圆梦宏图展，时代清风天地新。

马列精神千古颂，江山筑就为人民。

◆ 张文哲

满江红·大道通途

山地丘壑，满平畴、连山如波。春正好、大道通途，地平天阔。南北冲要达四海，云汉枢纽贯六合。利经济、躬俯筑亘途，功勋卓。　　望层楼春色浓，家何在，天堑隔。将思乡愁苦，与谁人说。厉马登高身不顾，誓斩荆棘履山河。但从今、安百年基业，咏长歌。

◆ 袁滋苗

扬州慢·山东省路桥集团贺建党百年小记

东岳晴烟，南湖舟雨，恨多少梦休留。过春风百载，七月景难收。念侳偬、十一戊子，路桥草木，鱼跃鸣鸥。渐西行，九州同去，白玉清眸。　　小康吟梦，渡江湖，看遍霓帱。长虹驾龙筋，而今回首，世界歆璆。教向炎黄风华，惊呼起、无限朱虬。道是时节好，适美酒泛金瓯。

◆ 房　奎

檐下观雪（古风）

檐下观雪半刻闲，红桃绿柳竞争先。
瑟瑟冰霜遮不住，欣欣朝气涤春寒。

◆ 李英梅

在路上（古风）

举帜西环路线明，星星之火指航程。
长征迤逦艰辛过，左右徘徊济南通。
攻坚不算艰辛事，律己方为上等功。
百年征程勤砥砺，百年圆梦展宏图。

◆ 曾祥振

七一感怀

讴歌颂党最相宜，七月流金好入诗。

战火硝烟弥漫后，征鸿拓路聚长时。

南湖荡桨情犹在，青岛扬帆意不垂。

盛世腾空寰宇舞，初心跃马彩云随。

◆ 王标科

潍日高速通车感怀（古风）

潍日千里路，九仙万重山。

三军劈天地，日月换新颜。

云端花似海，陌上绿如兰。

今饮庆功酒，深秋不觉寒。

◆ 梁泽庆

祝建党一百周年（古风）

一片红旗拂曙烟，风起嘉兴旧湖船。

金弓射日清寰宇，长缨屠虎镇河山。

金河倒映三军功，铁阵惊飞百怪眠。

谁挥鞭策驱四运，日月从此换新天。

◆ 赵玉龙

沁园春·山高恭庆建党百年

齐鲁神州，山高盛名，欢庆百年。命辛酉建党，嘉兴湖畔，游船载梦，力挽狂澜。天降红霞，撕挣昏暗，马列东游驾凤鸾。斩枯骨，燃燎原星火，重铸家园。　　九七共赴长安，济青路、促天地共联。立青云之志，朝夕辗转，勤勉沐雨，榻土而眠。世纪功勋，普天华灿，岂惧蜀山逆水寒。春长恋，待山河无恙，万亩良田。

◆ 魏　明

念奴娇·雾中乳山

大乳山上，望青天，正是丰年乐业。黄海碧阔鸥燕飞，疑是瑶池清梦。青霭接天，仙风遥遥，卷起千堆雪。鸥翔鱼游，时务俱兴人和。　　今朝似锦途程，路通桥架，胆敢问穹宇。远处粼粼争耀眼，洧水波光明灭。牵念苍生，遇水叠桥，管甚生华发。胸怀党业，恰是百年风华。

◆ 李东立

高速梦（古风）

儒道法兵源齐鲁，孟母佳话传远疆。

幼安易安耀华夏，太公孙武名八方。

泰山巍巍同云雨，黄河何曾是两乡。

孔孟后生怀天下，齐鲁人杰志四方。

自古山东名士多，英雄吾辈不遑让。

三十名山齐烟点，七十二泉赛江南。

春潮斑斓光影软，芳华旖旎岁月婉。

观云天外千佛巅，品思古今舜耕南。

日暮泉城明湖东，飘絮万点逐春风。
秋水一瞬过万重，玉龙神采亦相逢。
奥体南畔龙奥东，山东高速势如峰。
花开并蒂去年中，一枝独秀气象雄。
亚欧非美遍扎根，布局全球党为魂。
欧亚班列通四海，一带一路出国门。
鼍鼓滔滔气沉稳，钟灵毓秀驰神骏。
民族脊梁雄中国，国家砥柱耀全球。
风鹏高举九万里，俯仰宇宙振翅羽。
若非得遇圣明君，苏秦韩信非英俊。
雄歌依旧不言愁，芳意长新正青春。
落拓七尺男儿身，正逢天下无风尘。
三十仍怀英雄梦，花甲亦有少年心。
一念悟道在须臾，万里奔腾触龙门。
举腕谈笑平山海，落笔轻挥书乾坤。
沧海横流显本色，时势造我主浮沉。
不学霸王沽虚名，求真务实基业青。
唯有真才能血性，须以本色见英雄。
雏鹰展翅应未迟，称雄全球会有时。
扶摇直上自奋力，还需党国多支持。
且惜事业尽智能，殷勤报得家国爱。
为赋佳句飞翰墨，一任才思涌上来。
人间芳菲写不尽，便揽落日风烟外。
一片诗心向明月，万种情思独登台。
置酒酣饮三千斛，势起九州动尘埃。
新火新茶偏宜爱，诗酒年华赴山海。
不愁清霜飞雪尽，自有春风明月来。

◆ 李玉兵

山东高速集团庆祝建党 100 周年三首（古风）

一

十月革命一声炮，神州大地起风暴。
南陈北李约建党，革命运动掀高潮。
嘉兴南湖浩波淼，红船迎接党来到。
江山万里岁月长，无数英雄竞折腰。

二

开国大典人民笑，伟人声响震碧霄。
四化建设启征程，改革开放新航标。
百岁华诞党旗飘，展望前程路途遥。
昂首阔步新时代，高举锤头和镰刀。

三

山东高速速度高，逢山开路遇水桥。
九纵五横织路网，服务社会康庄道。
万里通衢红日照，跨越湖海水滔滔。
乘风破浪任我行，干事创业看今朝。

◆ 刘艳荣

庆祝建党 100 周年（古风）

红船精神代代传，劈波斩浪谱新篇。
立党为公为人民，初心不变一百年。
凝心聚力谋发展，百折不挠勇向前。
国富民强盛世现，丰功伟绩震宇寰。

临江仙·庆华诞

盛世相逢华诞，百年回望征程。当年家破受欺凌。应声拍案起，星火党旗红。　　今日山河巨变，青山绿水相迎。今朝扬我大国风。和谐发展路，筑梦为苍生。

◆ 王　强

献给建党100周年五首（古风）

启　航

南湖红船始起航，开天辟地破骇浪。

八一秋收举旗帜，伟人挥手党挥枪。

雪山草地长征路，播撒火种斗志昂。

团结抗战十四年，还我山河九州壮。

解　放

帝僚剥削压在肩，民生凋敝日惶惶。

四大野战军奋起，三大战役定鹰扬。

渡江攻占总统府，雄鸡高唱东方亮。

肇基建立新中国，中华民族得解放。

国　强

阔步跨过鸭绿江，美帝梦想成黄粱。

运载火箭穿云霄，两弹试验惊天响。

神舟载人遨寰宇，高端科技乐炎黄。

东方风来春满园，改革开放富民强。

国 威

欣欣向荣诗意畅，举办奥运圆梦想。
港澳回归雪国耻，一国两制谱新章。
神龙翩舞云端上，众志成城心向党。
鼎力实现中国梦，复兴伟业国运昌。

通 途

不忘初心党指向，山东高速聚能量。
捋起袖子为使命，高速党群甩臂膀。
日新月异奔小康，靓丽彩虹跨大江。
华夏处处路联网，一带一路国梦强。

◆ 高祥起

征 途

百年沐雨挽狂涛，万里征途捷战鏖。
党性引擎图壮志，交通筑梦看山高。

◆ 王帆庆

祝建党100周年

昨夜星辰万丈光，漫天飞絮舞霓裳。
一轮日月新辉照，两袖乾坤旧梦藏。

◆ 刘 盈

建党100周年赞歌（古风）

照亮中华前路引，日出南湖曙光新。
满目疮痍看存亡，山河破碎废待兴。
龙腾华夏新国色，聚沙成党长精神。
喜看百年迎盛世，锦绣年华世代春。

◆ 朱志方

领路人（古风）

百年风云立潮头，万里征程攀险峰。
若非胸怀惊寰宇，哪敢立志振神州。

◆ 匡娇娇

百年颂（古风）

百年征程担重任，初心不改志不移。
华夏崛起盛世愿，红歌首首颂党恩。

◆ 石慕晴

庆党百年（古风）

百年风雨沧桑尽，日新月异新天地。
披荆斩棘破难关，勇攀高峰创佳绩。

◆ 陶 源

贺建党一百周年（古风）

庆诞红旗一百秋，艰难奋斗展鸿图。
初心不改创佳业，圆梦中华誉全球。

◆ 赵文兵

庆建党百年

盛世自祥和，尘间感遇多。
百年如咫尺，几度忆蹉跎。
国士凌云志，贤人动地歌。
锤镰吐新艳，华夏舞婆娑。

◆ 徐 晖

奋斗（古风）

不改初心为黎民，牢记使命谋复兴。
百年征程巨龙起，一片春雷世界惊。

圆梦（古风）

南湖红船韵引擎，镰刀锤头开盛廷。
筚路蓝缕谋发展，百年浴血染征程。
初心使命终不改，浑身正气贯长虹。
砥砺奋进新时代，钟灵华夏享升平。

◆ 丛燕燕

追忆（古风）

入耳哀歌起，血海枪声疾。
百战塑风骨，峥峥孰可欺。
豪饮杯中酒，执落定国棋。
荡平外来寇，金秋展红旗。

◆ 于 静

奋斗铸辉煌（古风）

万众一心战疫情，天佑中华迎暖春。
祝词颂歌献给党，火红党旗永飘扬。
铭记党史永不忘，撸起袖子加油干。
党兴国兴筑梦圆，普天同庆贺华诞。

◆ 于海泳

庆祝建党百年（古风）

建党欢歌一百年，红船精神永流传。

春天故事谱新篇，万众践行价值观。

◆ 董　栋

庆我党百年·谱高速华章两首（古风）

一

拳拳匠人心，共系中华情。

廿载高速铸，百年党业成。

二

念往昔不易，记使命心间。

看今朝儿女，续恢宏诗篇。

◆ 张　呈

高速情三首

一

万里通达事，分毫砥砺行。

群山连壮志，四海遍豪情。

二

朝发渤海岸，午至济南城。

党建谋高速，初心向惠风。

三

红旗迎旷野，皓日贯长林。

使命随齐鲁，坦途颂古今。

◆ 王蕊蕊

水调歌头·庆建党一百周年

南湖起风雨，画舫聚英贤。救国忧民，锤镰辉映启新篇。听八一枪声响，看井冈红旗展，星火燎成原。迷雾红星引，熠熠照延安。　　驱倭寇，灭蒋匪，建新权。呕心沥血，已是一整百年华。奔月飞天圆梦，挥剑大洋驰骋，丝路五洲连。百舸竞流处，潮立勇争先。

◆ 田玉波

党走百年有感（古风）

世纪警钟绕耳边，风起盛世动万千。
逝雄舍生铸千古，先贤尽瘁换人间。
南湖追忆已百岁，终把痛史翻新篇。
今盛前辱激热血，皆化热泪洒红天。

◆ 宋菁晶

藏头诗

——山东高速，鸿图大展，英雄齐聚，献礼华诞（古风）

山影璧如厦，东风醉拂颊。
高阁眺沧海，速极领繁华。
鸿鹄见平沙，图意谢女娲。
大音传缥缈，展翼盖天涯。
英门待善贾，雄关争紫妲。
齐智捭纵横，聚众拾青瓦。
献赋抒风雅，礼奢敢尤发。
华中有人杰，诞育百年裟。

◆ 连仁华

铭记初心（古风）

大地神州仰卧龙，青峰绿水万车通。

连云天路千村近，结合城乡一线中。

劈岭开山助复兴，铺桥涉水促工农。

不忘使命怀全局，铭记初心在我胸。

◆ 常秀娜

赠中国共产党成立一百周年（古风）

又到东风暖，建党已百年。

前辈多努力，赤心为国安。

不屈救中国，服务为人民。

迈入新时代，美好跨步前。

绿水鱼才欢，青山胜金山。

齐心不畏难，除贫尽开颜。

嫦娥奔月回，蛟龙深海潜。

更有凌云志，科技敢争先。

果断战新冠，生命重于山。

十四五开端，百年新纪元。

复兴民族愿，策马更扬鞭。

◆ 李宏伟

山高彩云情（古风）

山高路远来相融，彩云之下与君同。
城里城外互联通，百人微笑为您忙。
满目温暖诚相送，畅安舒美在心中。
百年党恩惠四方，高速大道续辉煌。

◆ 谭金兰

跟党走（古风）

百年华诞迎党建，党的迎领政策好。
山东高速为民生，为民服务路先行。
与时俱进同发展，四通八达路更畅。
再创辉煌跟党走，只愿路畅国更强。

◆ 杨　帆

喜迎建党百年（古风）

喜迎建党百周年，增进民生造福祉。
凝聚发展新动力，一带一路齐鲁号。
疫情防控不松懈，春运保通我能行。
微笑收费递能量，人人有为山高强。

◆ 杨顺尧

心向党谋发展（古风）

速筑路桥连南北，文明微笑迎陌客。

文明山高春之窗，不忘初心促发展。

心向党时代向上，九万里风鹏正举。

百年党史筑伟业，平安保畅高速人。

◆ 杨洋

初心如磐（古风）

期熙风云卷巨澜，华夏晴空扬红帆。

二一春光耀锤镰，初心不改使命篇。

◆ 赵淑敏

筑梦百年两首（古风）

一

欣欣向荣照前路，山东高速不停步。

少年英雄百辈出，谁闻它曾努力述。

二

低调刻苦谋发展，谁人比肩谁人战。

乘风破浪船扬帆，改革东风吹彼岸。

◆ 侯宜军

咏竹（古风）

清风拂笋衣，根扎深山基。

秉直高亮节，刚正头不低。

◆ 毛淑婷

水龙吟·战疫情

岁首乍暖疫袭，众志成城助武汉。人言庚子，天下霜寒，苍生苦难。今朝华夏，委委佗佗，如河如山。待暮春回看，杨柳凝翠，挥雨汗，复工产。　　欧美撼树蚍蜉，瓵碛砾，不窥玉渊。歧视种族，无视新冠，寒骨草掩。美哉中华，景行行止，仰止高山。嗤之莫须有，一带一路，换了人间。

◆ 孙艳玲

卜算子·纪念建党100周年

星火启红船，豫章军旗伫。历尽艰险建共和，廿捌年飞渡。　　绿水青山郭，载托中国梦。牢记使命守初心，迈步复兴路。

◆ 朱卫霞

党颂（古风）

推陈立新出身忙，率工领民斗豪强。

血泪八载驱日帝，抗美援朝放光芒。

建国立章执新政，一国两制收澳港。

改革开放曈曈日，百年华诞谱新章。

◆ 任建煌

敬题抗疫英雄于正洲二首

一

春迟底故病魔侵,回望神州雾霭深。
于逆行中担使命,向危难际践初心。
英魂无悔君何在,绮陌相逢酒未斟。
触目山河争拭泪,萋萋芳草已千寻。

二

勇毅笃行誓为公,初心不负党旗红。
抗疫忍顾难全义,疾步何停未尽功。
春正九州芳草碧,畅安一路彩云同。
冰轮不意清光远,青史谁留浩荡风。

◆ 朱增才

满江红·祭扫烈士墓

狂风怒号,哭诉着、英雄长眠。英碑前,誓词铿锵,党旗招展。硝烟战场刀光闪,英勇气概鬼神怯。莫忘记,党旗的颜色,英雄血。　苍松翠,花篮献。青碑泣,挽联缅。看丰碑,多少英雄先烈。红旗飘扬千万里,红色基因永传递。看东方,中华之崛起,思英烈。

◆ 王学军

沁园春·百年苍黄

望志灯黄,红船画舫,初心照亮。开天辟地响,梦想起航,振兴华邦,炎黄欲强。星火井冈,燎原鸿荒,长征万里疆。碎日寇,雄师过大江,全国解放。　建国大业回望,谱改天换地新篇章。施三大改造,强国基夯，两弹一星，此事敢想。三中全会，改革开放，翻天覆地成小康。新时代，复兴征程长，斗志愈刚。

◆ 程宝顺

建党百年赋

世间之事，以积而固；天下大势，以渐而成。怀想百年之前，长夜苦寒，一夫举火，万民相应。野草连营，手骈足胝，何惧刀斧加颈。

大道之行也，天下为公。

当彼之时，南方有佳木，一枝独秀兮；北国育桃李，下自成蹊①。万古洪荒，火种播扬；红船沉浮，水何汤汤。

挥师上井冈，野火遍地燃。白雪红旗过大关，横扫千军如席卷。玉阶当梯乎，登高涉远；苍茫大地，孰为润之②。

烛影摇红，向夜阑，秋夜白霜；炉火跳荡，空画饼，露华清冷③。可怜见：万里长征人不还，恰少年。流不尽湘江血，肝肠断。西风烈，漫道雄关。金沙水拍暖，大渡桥横寒。莽昆仑，战罢玉龙三百万，锷未残。

暴虎入门，天欲堕，赖以拄其间。首倡义军，转斾千里同击贼；纵横排阖，老少妇孺皆奋臂。

日寇披靡，百姓久战而思定；河山憔悴，万民翘首以盼归。钟山盘龙石头虎踞，黯然顿收者金陵王气。正道沧桑乎，天若有情兮。

区域自治四海为家，和衷共济齐建中华。

廉颇尚未老，横刀跃战马④。

---

① 指时称"南陈北李"的早期共产主义领袖陈独秀、李大钊。
② 指"朱毛"并称的朱德（字玉阶）、毛泽东（字润之）。
③ "秋夜白霜"指中国共产党早期主要领导人之一瞿秋白；"露华清冷"指中国共产党早期领导人之一王明（原名陈绍禹，字露清）。
④ 指时任中国人民志愿军司令员兼政委的彭德怀将军。

欲速则不达兮，陷困穷凡三年，饿殍千万兮，叹生民之多艰！

大野新霜万叶枯，横空过雨千峰出。

狂澜既倒合力挽，大厦将倾众手扶。兼选贤与能，讲信而修睦。国蒸蒸而日上，民安乐而物阜。

治水缚苍龙，堪称当代大禹；高峡出平湖，实副鬼斧神工。

笑迎风，江上紫荆，喜扑面，水中碧莲①。

申奥成功，梦圆百年。昔嫦娥奔月兮，今载人而飞天。

众志成城兮抗非典，万众一心哉援汶川。

山积而高，泽积而长。凡所过往，皆为序章。百载建党，苦难辉煌，复兴大业慷而慨，莫道前路阻且长！

◆ 张菁华

百年赋

百年何其短兮，娑婆鸿蒙，悠悠青史弹指瞬间；百年何其长兮，筚路蓝缕，漫漫征途逶迤险难。百年前之神州，狼烟铁蹄山河破碎，日翳月黯民众苦难。百年前之壮士，寻救国道路，热血洒尽，昆仑肝胆。百年前之先驱，守马列信仰，慷慨激昂，江山震撼。画舫游船，引领革命航标；嘉兴南湖，谋定建党大业。百年中之征战，还我河山，舍身成仁天地感叹；戎马倥偬，英勇赴义山河悲壮。百年来之丰碑，天安门上，一声宣言，警醒世界，换了人间！建国后之中华，创造奇迹，惊叹宇寰，二十年间，一星两弹。新时代之中华，循马列之足迹，探改革之新义，发展经济，稳步向前。兴科技，探海"蛟龙"，望星"天眼"，"嫦娥"登月，"墨子"飞天。重民生，脱贫攻坚惠泽苍生，除旧布新小康实现。

百年来之期盼，鸣凤在竹领袖有贤，白驹食场社稷无难。民族独立

---

① "江上紫荆"指香港（市花紫荆）；"水中碧莲"指澳门（市花莲花）。

世界之林，华夏复兴国丰民安。百年来时路，别梦依稀，风雨如磐，青山铭忠骨，慰英雄无憾。十四五之路，赓续精神，未来可期，日月鉴初心，担重任在肩。

◆ 郭浪栈

山高赋

是岁辛丑，恰逢国党盛世，红船大业百年巍峨；南湖青史，炼铸国企根魂，华夏大地交通纵横。源齐鲁一隅，达泱泱四方，高速通成，是以为赋。

千禧方至，重任弥散。创业维艰，筚路蓝缕。托管条半高速，肃肃宵征，夙夜在公。是逢改革巨变，承交通发展之重任。逢山开路，思变通达。路桥逶延，累年突破。脉络交错，网罗经纬。廿年回首，遍是路畅人和之气象，阡陌达衢，终遂人愿。

苟日新又新，必日强再强。今万亿基业，更须英才人杰。一葆政治本色，铭初心使命，兴清廉之本，固基业常青，曰红色山高；二倡科技强企，兴产业数智、赋能未来，重人才驱动、致知穷理，曰创新山高；三续品牌济济，谋征途熠熠，强品质于多方、树口碑于多维，曰质量山高；四优产业布局，强交通命脉，驱实业金融，筑四网之联动，集跨界融合之大同，曰卓越山高；五夯企业治理，破内部之顽疾，立一流之新标，与市场协同，呈绩效盈缺，曰活力山高；六塑和合风范，汇精神气力，光明福祉、聚力大成，曰文化山高。六效联动，共绘擘画蓝图，启交通之鸿业，当太平之昌历。凌云之志，方兴未艾，献贺百辰，嘱文以记。

大风泱泱，大潮滂滂。夫者如何？言致远广融，今日咏山高之歌。歌曰：交通兴兮国强，感使命兮促流芳，人心兮齐扬，与党同庆兮共安邦。

第三辑　现代诗歌作品

◆ 刘春梅

党

是谁，把希望播种，唤起了中华民族的希望

是谁，把理想实现，担起了全国解放的重任

是中国共产党

让农奴翻身把歌唱

让工人阶级以独立的姿态登上历史舞台

让我们相信朝阳初升时不会乌云避日

中国梦是心中梦，中华情是天下情

就让中国共产党领导我们走向明天

继续下一个一百年

◆ 土金磊

走向强大

黑黑的天，悄悄地亮

中国的黎明等的就是那一道光

哗啦啦的水，咕噜噜地淌

淌遍神舟大地每一寸土地

红艳艳的旗，直挺挺地飘

照映着中国人民自信昂扬

绿油油的树，蓬蓬勃勃地长

宣誓着中国人民的强大

啊！伟大的中国共产党

百年奉献，百年滋养

孕育着中华儿女茁壮成长

◆ 何 礼

百年征程

梦想源于百年之前

那艘朴素红船之上

无呐喊狂欢

无悲壮激昂

暗地里却有觉醒惊雷

中国共产党悄然诞生

无人知

短短百载

阴云散，乾坤变

战军阀谋通天大道

土地革命惠及群众千千万

井冈山上留不朽

抗日战场铸英豪

大音希声不外如是

然而

于千万派别中脱颖而出

何止战无不胜

昔年又演百家争鸣

百舸争流何处光明

长征万里

彻骨雪地冻不了魂灵

漫漫草地葬不下意志

金沙难渡 赤水不易

三山五岳后

有何惧

登高放声：

中华人民共和国中央人民政府成立了

又一年辛亥岂如曾经

思维革新

五十到九千万

壮哉我党

为人民服务永未变

仍记那个春天

也知如今明天

脱贫攻坚战

小康全面建

清风起

百年创盛世

曲折历尽是光明

党领众志成城抗疫情

家国无恙

巨轮航于世界之海

我党在

　　势如破竹 勇立潮头

◆ 禹长宏

郭沫若故居

大雾来时

他撞见月亮追逐山岭

拾起地上的两块黑石

对着东方擦出点点火星

点亮将至的黎明

每当我念起你的名字

峨眉山的月色就淡了

流水吞下经年的战火

只剩繁华

而所有的记忆都已做成了诗

只有不断地练习吟唱

才能温习眼睛的热泪

◆ 段帮琼

东方雄狮

生于熹光下的南湖

成为一支精神红舟

那头沉睡的雄狮

开始在清晨的阳光中挺立

八一的枪声

井冈的号角

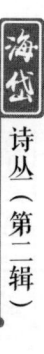

震碎了不周麻木

照亮了万里长征

曾高举独立的帜

越过战争与死亡

换万家灯火前进曙光

那些伟大的人啊

如今盛世不负所望

何忧百年

恰是风华正茂少年国家

◆ 吴　森

时代之舟

忆往昔

一叶轻舟

承载着多少红色夙愿

乘风破浪，气势磅礴

九十年前的中国

破晓启航，劈浪斩波

瑞金星火

井冈青松

遵义微光

宝塔红歌

党的光辉永远照耀着我

看今朝

一艘巨轮

成就社会主义现代化建设

奔小康，筑强国

漫长坎坷发展路

排除万难，屹立巍峨

拉网互通，交通强国

强势开局

十四五

昂首向前，逐浪扬波

◆ 苏腾腾

念先烈

历经百年风霜

挽家国大厦将颠

忆往昔

多少英雄儿女

护华夏山河无恙

吾辈当自强

不让先辈所守护的

那被血侵染的大地

再变了模样

我所挚爱的

我所挚爱的地方

它有着千里沃野飘着麦香

我所挚爱的地方

它有着白雪皑皑立着冰雕

我所挚爱的地方

它有着天街小雨横着古桥

它经历了悠悠岁月

它承受了万里烽烟

党建百年砥砺前行

方有这盛世模样

珍惜这锦绣山河吧

因为在你看不到的地方

尽是先烈用血肉铸造的城墙

信 念

信念汇聚的方向

是党旗飘扬的地方

有无数的先烈前赴后继

用满腔热血浇灌了这自由的花朵

感念这无与伦比的美丽

铭记着那些曾经风霜

吾辈自当跟随

化作锋锐披荆斩棘

护这锦绣繁华

佑这山河无恙

盛世篇章

百年前的黑暗

多少屈辱的泪水

多少血染的悲怆

中国革命的红船

在南湖上缓缓驶来

载着黎明的曙光

绽放万丈的光芒

把黑暗照亮

中国共产党的百年

风云变幻

跌宕起伏

一个伟大的党

一个世纪的砥砺前行

穿越了历史的烟尘

历经建设与改革的洗礼

构建了盛世的篇章

◆ 何 艳

忠诚的卫士，无限的荣光

一架天平，矗立在心头

党旗飘扬，见证你我庄严举起右手

曾记否？那一曲忠诚的赞歌表白初心

未敢忘，那一段郑重的承诺写下责任

为了党的嘱托，肩负起神圣职责

为了风清气正，筑起反腐倡廉的铜墙铁壁

义无反顾，走向惩治腐败的前沿

国歌高奏，唱响你我心中的正义

目如电，辨识伪装下的善恶忠奸

擎利剑，斩断利欲熏心的贪婪

为了伟大复兴的中国梦

做党的忠诚卫士惩恶扬善

以人民的名义

把罪恶腐朽堕落的灵魂砸向深渊

刀山火海，只视作等闲

九死一生，阻不住踏石留印的脚步

扬正气，砥砺前行不改初衷

洒热血，执纪为民虽死犹生

不求荣誉勋章鲜花灿烂

青史留名亦非我愿

只要一身正气担当身前

两袖清风拂遍人间

一段故事，传唱在世间经年

大浪淘沙，留下恒久不褪的底色

历风雨，洗净污浊玉宇澄清

慕彩虹，阴霾散尽清气满乾坤

鲜艳的旗帜下，曾留下你我的微笑

时代的乐章中，有我们共同谱写的一篇

盾牌是你我的担当

双剑交汇绽放瞩目光芒

"扶正祛邪，扬善惩恶"分立两旁

纪检监察的徽章上绘就你我的风采

那是党赋予的无限荣光

那是需要我们用生命捍卫的辉煌

旗帜与道尺

和平、团结、发展的大旗

屹立东方，引领航向

人民爱戴的共产党，手握旗帜

见证了祖国的成长

艰苦、努力、奋斗的精神

刻在心中，时刻谨记

奉献自我的路桥人，攥紧道尺

投入了祖国的建设

几十年风雨 枪林弹雨何所惧

峥嵘岁月里，你把民族心中火种点亮

和平年代里，你为民族美好未来引航

守着前行，守着蜕变，守着千山万重

是共产党

几十年奋斗，艰难险阻不回头
拼搏前进时，你为人们提供广阔道路
思乡情切时，你替人们指引归家方向
守着星空，守着岁月，守着野菊吐香
是路桥人

默默无闻的时代脊梁

月春暖花开 满载期望
迎着春风 伴随细雨
我们踏上了建设的征程

公路人 有你我们才能踏遍都市和乡村
铁路人 有你我们才能穿越砂石和戈壁
隧道人 有你我们才能横穿江底和山脉
架桥人 有你我们才能飞跃河流和江海

那川流不息的马路 包含了公路工人的辛勤和耕耘
那铺满轨道的石子 浸透了铁路工人的汗水和心血
那沟壑纵横的隧道 运载了隧道工人的智慧和劳作
那气势宏伟的大桥 蕴含了桥梁工人的拼搏和创新

虽然时间沧桑了你们的容颜，工作弯曲了你们的脊梁
但是公路蜿蜒在大江南北，铁路横跨于长城内外

太阳落了又升起 春天走了又来到
就这样

崇山中有了桥梁 峻岭中有了隧道

你们把激越的情感深埋在心头 一路豪歌
你们把荒芜的土地培育成繁华 一生辗转
始终把工地当做自己的家 没有荣华富贵
从不问辛苦工作是为了谁 不求名垂青史
可是岁月却在你们的额头镌刻上皱纹

我们都是一个个普通的筑路人
逢山凿路 遇水架桥
正以追风的速度和时代的力量 向美丽中国驰骋

凝心聚力，奋勇向前

一双脚，踏遍山川河岳

一双手，绘出宏伟蓝图

一颗心，燃烧激情在滚热的胸膛

一群人，挥洒汗水在祖国的四面八方

那高高的塔吊，是我们的脊梁

任风吹雨打傲然挺立

那强劲的盾构，是我们的臂膀

任千难万阻勇往直前

我们行走在崇山峻岭

举手间天堑变通途，草木露出笑颜

我们驻足在江河湖畔

谈笑间一桥飞架南北，河流发出呐喊

我们趟着千年前先人的足迹

把"一带一路"延伸

我们继承精卫衔微木的精神

把弱水填平

我们是真正的开路先锋

中国特色社会主义道路上

有我们的青春和热血

全面小康和百年奋斗目标的路上

有我们的追求与梦想

合上过去的辉煌

把坚定的目光望向远方

前方的路上不仅有鲜花和掌声

还有疾风和骤雨

历经劫波后神州大地再次重启

新的号角已经吹响

我们也已收拾好行囊

新的征程即将起航

我们正凝聚力量

我仿佛看到了——

当朝阳再次冲破云层

我们早已在高高的山岗上筑起第一座路桩

当夕阳铺下余晖

我们仍在演奏劳动的乐章

在寒冬中坚守

在烈日下奔忙

沧海横流，方显英雄本色

志存高远，方能成就栋梁

当桥梁隧道连接起五湖四海

当密布的路网贯通国家的动脉

那是我们写给祖国的情书

——也是我们为自己浇铸的勋章

◆ 阚兴彬

光荣与梦想四首

缅怀

军嫂推动磨盘，圈住 1921 年的记忆

故事里的南湖和游船，循水可溯

草绳结庐，信仰坚定者举起拳头，誓为天下劳苦斗争

赤脚、汗水和热血告别木质，击溃奴役和腐朽

把镰刀、斧头和五角星绣于红布，珍藏心里

西风烈烈时，插遍山河南北

儒者走出书斋，奔走天下

捧一纸檄文，讨伐持续的黑和恐怖的白

站立

天安门城楼响起伟人的宣告：中国人民共和国成立了！

前仆后继的先烈们撑起这天，守护这地

于一场场腥风血雨里，推翻头上的"三座大山"

三百六十万平方公里的大地母亲，哺育草木、蔬菜和粮食

延安的窑洞，煤油灯轻捻，开启一束束光

照亮并引出一个个新生

伴随黄河的涛声，不停向前，不停奔腾

发展

红旗下锻打过的钢铁意志

对视时代精神和传承

忠诚于骨骼的部分，以平行的方式，一直演变

梦想的太阳跃出东方

一代代，一辈辈

从弯曲的脊背到挺直的脊梁

齐心筑力打造一个新的钢铁长城

彷徨的凉，萎靡后的醒开始比对

当疼痛大于呼喊，志士的决绝和天问没有答案

纵观蒙尘的史和曾经的辉煌

我们以高铁的速度，安全正点

在习近平总书记的正确引领下

中国在世界崛起、担当

疫情凶猛，抵挡不住万众一心

严抓防控，体现中国力量

江河湖海，盛世浩赞

中国，我的母亲

我们的盛世大唐

梦想

山东，沂蒙老区

生我养我的地方

我有幸成为为山东高速的一片叶子

红旗下，阳光里

唱过《义勇军进行曲》的我们

任梦想的翅膀北飞

倾听《我的祖国》响彻大江南北

中国梦，民族梦，伟大的复兴

有你有我，不忘初心，砥砺前行

◆ 李晓岩

跟随党的脚步

抬头仰望党旗飘扬的方向

沐浴着党的辉煌之光

满怀着对党的热忱之心

乘着铁路事业的长风，飞跃远方

传承者革命先辈顽强不屈的精神

一路搭建便捷的桥梁

山东高速绵延万里

联通祖国四方

缩短山高路远长

每一名铁路人，都如同一束微光

在每一个角落里发光发热

披荆斩棘，竞争出无与伦比的力量

以德为本，诚心镶嵌无懈可击的质量

鲁地之光，跟随党的脚步，开启新的章程

◆ 张永涵

坚定不移跟党走，勇挑重担谋发展

一条不起眼的游船

荡起了南湖的涟漪

载着中国驶进了新的航线

那是历史引领的方向

从第一列绿皮火车

满载希望驶向远方

如今铁运

朝往夕至便可跨越中华南北

这是时代发展的方向

铁路

是远方的通行证

没有在岁月的风中

日渐腐化

没有让匆匆往来的记忆

慢慢生锈

长在铁路旁的新绿

宛如清晨遗落下的露珠

把光亮安心的寄存在

即将要到达的远方

就像从春天的故事

到新时代的画卷徐徐铺展

国旗愈发鲜艳明亮

我们没有遗忘

我们继往开来

我们勇往直前

我们将于喧闹之中

凭栏遵循散发着光亮的心

寻找未来的方向

◆ 宁效会

<h2 style="text-align:center">见 证</h2>

如果我不亲眼见证

我不知道这些再平常不过的材料

能有如此大的凝聚力

碎石、土方、钢筋、混凝土

就像党旗上的镰刀和锤头一样

经过中塞工人兄弟的浇筑，紧紧地抱在一起

在遥远的国度连接起了跨越时空的友谊桥梁

这一座座的桥梁坚不可摧

是因为中塞两个社会主义国家革命友谊支撑的力量

三十年前，南斯拉夫的工程师为中国人民圆梦

三十年后，中国的工程师为塞尔维亚人民圆梦

没有比人更高的山，没有比脚更长的路

山东高速国际公司人，用脚丈量世界

修建的道路绵延千里万里，一条条通向一带一路的国度

我在塞尔维亚，我爱这片异国的土地

我看见过她蔚蓝的天空，也看见过她的狂风暴雨

她既有春天里的山花烂漫，也有冬日里的雾霾沉沉

这片土地是有温度的，她用独特的魅力守护着我的初心

我的脚上在工地上沾满多少泥土

我的心中就有多少对她的真情

欧洲的疫情蔓延肆虐，但阻挡不住我们共产党人逆行出征

因为我们时刻在追求真理的高速路上

这个真理就是为人民谋幸福

这个真理就是为世界谋大同

◆ 李明浩

走到非洲

百年前的一艘红船

为中国带来了社会主义

百年吟唱的一首诗篇

绘出了祖国的动人画卷

我在这片红色的土地上成长

静静聆听着百年的风雨，百年的沧桑

经历了长久的彷徨

我只知道

当我们走出这片土地时

必有世界的友人为我们歌唱

来到非洲广袤的土地上

山东高速人展现出了中国力量

荒芜的偏远油田中我们筑起了道道通途

苏丹的广袤土地上我们绽开了万顷棉田

乌干达有我们的工业园区

埃塞道路上是我们的专家

我们走出去了

我们站起来了

钢筋混凝土搭建的不仅是一座座雄伟的地标

更搭建起了中非友谊的桥梁

鲜艳的党旗飘扬在我们头顶

更飘扬在每一个国际人的心底

百年党史造就百年辉煌

伟大复兴彰显伟大力量

初心不忘

使命担当

国际英才

奋发图强

◆ 戴浩庆

七一颂党恩

十月革命马列传

七月党建曙光来

七一镰刀高举起

神州儿女站起来

南昌枪声不断

井冈烽火久燃

遵义会议挽狂澜

十四年抗日浴血奋战

工农旗帜永不倒

终于迎来新时代

工农国防换新颜

改革开放新舞台

人民温饱放首位

一带一路富起来

全面小康初心不改

民族伟大复兴终将到来

◆ 袁祥云

山河之路

伏羲燃起了火种，神农斩断了荆棘

仓颉结着草绳走出了小径

来了一个始皇帝

开辟了阡陌 修建了直道

两千年过去

从岱宗到黄河

我们把他和她连在一起

◆ 李 超

不忘信仰 红心向党

鲜红的背景诠释着国人的热血

金色的镰刀割断了腐朽的门窗

信仰的锤头绽放出了新的篇章

光阴似箭，岁月如梭

历史的车轮滚滚向前永不停歇

为的是人民对美好生活的向往

因为你的存在我们豪情万丈

因为你的存在让中国在世界发出耀眼的光芒

在迎接建党一百周年之际

让所有的祝福与赞扬随着鲜红的党旗的在空中飘扬

让我们每一次的微笑都化作对党最好赞扬

在世界的东方

我为我是一名共产党员而感到骄傲和自豪

我将不忘信仰

红心向党

◆ 马学增

路

曾记否

嘉兴南湖渔船里的灯光

照亮一条希望的路

路在心中

多少先烈义无反顾

抛头颅洒热血

走出一条希望之路

曾记否

春天的南海边一位老人

为我们指引一条改革之路

路在心中

多少时代的弄潮儿

迎风破浪

走出一条发展之路

曾记否

国家博物馆复兴馆一位领袖

宣誓了中华民族伟大复兴之路

路在心中

多少大国工匠科研巨星

辛苦耕耘呕心沥血

走出一条中华民族伟大复兴之路

转眼百年

从小米加步枪到两弹一星

从闭关锁国到改革开放

多少前辈披荆斩棘一路向前

多少奇迹在九州大地绚丽绽放

我们站在巨人的肩膀笑看前方

贸易战争督促我们自强不息

技术封锁激励我们奋发图强

新冠疫情成就我们众志成城 世界领航

又是一个春天

又是一个征程

为了心中的路

不忘初心 我们努力向前

砥砺前行 我们热情激昂

国泰民安 我们扬帆起航

巨龙腾飞 我们屹立世界东方

◆ 李 冉

勇当巾帼女将，奋斗创造荣光

百年砥砺前行

百年风雨兼程

伟大的中国中产党人

以不屈不挠的奋斗精神

换来了中国翻天覆地的巨变

历史的指针转向当前

正值十四五开局之年

全面建设社会主义现代化国家新征程业已开启

发展的接力棒交到了我们手中

一个时代有一个时代的使命

一个集体有一个集体的担当

壮阔的齐鲁大地上

加快建设新时代现代化强省的号角声催人出征

山东高速人

不负使命

拼搏奋进的身影始终与时代同频共振

交相辉映

为时代添活力

为发展塑动能

这是山东高速人的初心所在

担当所系

强劲的脉动

澎湃的合力

聚浪成潮般在这个集体奔流涌动

值此时不我待时刻

承继革命先辈和发展先驱的奋斗精神

为发展助力赋能

我们巾帼不让须眉

女性干部职工勇担重任踏新程、奋勇前行谋新

出僵治亏

混改改制

科技创新

一场场攻坚战

不畏艰难

善战能赢

一企一策出清僵尸企业

为公司轻装上阵瘦身增效

攻坚克难推动改革改制

激发公司高质量发展新动能

着眼长远做好科技创新文章

让创新驱动为公司发展充分赋能

时间见证了努力的点滴

成效证明了拼搏的价值

时间紧　任务重　头绪多

从来都不是畏缩不前的理由

实事求是　求真务实　拼搏奋斗　冲锋在前

是我对事业的不懈追求、对期待的有力回应

在这个光荣的集体

我只是浪潮中的一朵水花

在我身旁

有着众多同样砥砺奋进、不懈进取的巾帼女将

面对急难险重

我们始终无怨无悔

聚力攻坚克难

我们一直冲锋在前

发展征程如沙场万里

不只刀光寒

更见枪绫红

多少个春夏秋冬

我们并肩作战

无私奉献当表率

奋战一线做先锋

多少个日日夜夜

我们勠力同行

无怨无悔践行初心使命

展望未来

我们信心满怀

巾帼英豪将用奋斗创造新的荣光

在新时代现代化强省建设宏篇中绘就强有力的高速篇章

柔肩豪情

勠力冲锋

高速女将将用拼搏赢取新征程之胜

为这段注定将被铭记的前行作最深情且有力的述说

以激昂青春赴一场无悔的出征

◆ 刘忻忆

高速人，绘我蓝图献给党

在繁花盛开的季节

我要唱三首歌

歌里曲调悠扬，是夜夜内心的流淌

一首歌，献给一百年的时光

一百年的时光，星火燎原

那是照亮整片大地的光芒

是时光深处风雨飘摇中的坚韧

是筚路蓝缕披荆斩棘后的坚强

是一个党，带领人民走向富强

一首歌，献给战疫的辉煌

一场席卷全球的疫情

凝聚起高山大海般的责任和担当

无数个日日夜夜不眠不休

无数次与死神忘却归路的赛跑

是众志成城铸就的刚强

是一个党，一切为了人民的担当

一首歌，献给脱贫攻坚的盛况

一场新时代的"战役"

为的是所有人的幸福和安康

这是人类文明史上的伟大传奇

是一个党，心系人民铸就的辉煌

每一首歌都如此嘹亮

让我们的心里充满阳光

阳光照进每一天的时光

照进每一个人"高速人"的胸膛

阳光让我们的激情时刻燃烧

让我们满怀一腔热血，每一天都充实昂扬

让我们脚踏实地

为伟大的时代绘一幅"高速"的蓝图

绘我蓝图献给党

这是所有"高速人"的责任和荣光

绘我蓝图献给党

让我们奋勇向前

铸就更加绚烂的辉煌

◆ 刘德文

逐梦征程,"高速"疾行

沿着历史的脉络回望

百年前的嘉兴南湖上

一个伟大的政党在正经历苦难的中国大地上铿锵诞生

泱泱大国就此走向崭新的历史篇章

转眼百年春秋

无数仁人志士勠力同行

无数共产党人前赴后继

用鲜血和奋斗

筑就了抵抗外侮的"新长城"

担起了民族复兴的"新使命"

塑成了加快发展的"新引擎"

他们

犹如一缕缕璀璨之光照耀着中华大地

星火燎原

点亮当代中国的新未来

让鲜艳的党旗始终高擎

他们

有着不同的名字

来自不同的地方

却有着共同的身份——共产党人

有着共同的信仰——实现中华民族的伟大复兴

百年征程

再启新篇

全面建设社会主义现代化国家的新征程业已开启

中国的未来已描绘出如画风景

加快高质量发展时不我待

新时代现代化强省建设战鼓催征

山东高速人

承继红色基因

塑强红色动能

初心如磐、砥砺前行

汗水浇灌硕果

看

路桥连通南北

勾画壮美画卷

看

大道飞跨西东

筑就通途如虹

这是中国梦的真实投射

这是新征程的前行剪影

山东高速人

在加快高质量发展的新时代浪潮中齐唱着高亢的战歌

奋勇拼搏

不辍前行

时代如大河奔流

每个人都是一朵浪花

聚浪成潮

方能奔流疾行

逐梦路上

哪怕艰难困苦

何惧惊涛骇浪

谋篇未来

山东高速人

心齐、气顺、风正、劲足

用勤劳与智慧铸就非凡

让拼搏的精神代代相传

众志成城

在逐梦征程中"高速"疾行

用实干书写下行进中国的崭新篇章

以奔流之势共赢一场浩荡抵达

◆ 张奉霄

我心中的党

百年吾党栉风沐雨

百年吾党历经沧桑

百年吾党兢兢业业

百年吾党创造辉煌

她，从硝烟战场中一路走来

植根几代人的心灵

她——我心中的党

中华民族的先锋队

也是她，

推翻三座大山

人民才尝到翻身的喜悦

是她

奋力实施脱贫攻坚

让贫困永远成为历史

她，带领人民克灾制难

她，让中华民族迈步春天

当疫情来临的时候

当洪水肆虐的时候

当地震到来的时候

是她站在人民的面前，伸出双手拯救生命

是她站在决堤的江中，用她的身体铸就堤坝

是她卧在倒塌的废墟下，撑起一片安全的天空

百年华诞不是耄耋

百年华诞正值风采

她，这一块历史的丰碑

万古流传

记得那一年 是1921年

记得那一天 是1921年7月的一天

镰刀和铁锤组成的旗帜 照亮了神舟大地

镰刀和铁锤组成的旗帜 在迎风飘扬

我们不会忘记1921年这个神圣的年代

回顾历史的长河 心中无限澎湃 感慨万千

正是在那一年 嘉兴南湖船畔

相聚着决定中华民族命运的优秀儿女

是他们把灵魂和镰刀铁锤融在了一起 铸就了中国共产党

百年的辉煌

时间在时空中转变 生命在前进中跌宕起伏

信念在坚守中闪光 雄狮的惊醒注定辉煌

祖国啊 我们拿什么献给您

我们不会忘记

我们是中华民族的子孙

我们不会忘记

战火洗礼后的长城是即将腾飞的巨龙

我们不会忘记

五千年的历史文化源远流长

我们不会忘记

一百年的峥嵘岁月饱含着无数英雄的笑脸和踏过滚滚烽烟的壮烈足迹

建党繁荣一百年

党旗镰锤在心间

百年的沧桑巨变

年年岁岁谱新篇

我们不会忘记

那段激情燃烧的岁月

我们不会忘记

那个英雄辈出的年代

我们不会忘记

用鲜血 用灵魂谱写的美丽华章

我们更不会忘记

我们是中国人

因为我们记得那一天……

我要用歌声唱出我们党的革命精神

我要用画笔画出我们党每一步的艰难与拼搏

我更要用心灵祝福党

在她百年华诞的今天

祝愿我们中国共产党能取得更加辉煌的成就

我心中的党，我们永远爱您

◆ 李立群

庆祝建党 100 周年

南湖小船的黎明

八一起义的枪声

万里长征的战歌

改革开放的辉煌

历史铭记着您的脚步

人民坚定着您指的方向

众志成城

继往开来

◆ 李熙菊

纪念建党一百周年感想三篇

中国人民站起来

一百年前的这一天

1921 年 7 月的一天

祖国的南海起波澜

十几人成立的中国共产党

如今已有九千一百万党员

世界独一无二的大党

展现在世界人民面前

让我们回顾这百年历程

蕴含着意义非凡的内涵

从推翻人民头上三座大山

到苏联"十月革命"一声炮响

送来了马列主义理论经典

从南昌城头的一声枪响

到革命烽火燎原的井冈山

从贵州遵义会议开始

到毛泽东思想力挽狂澜

从突破国民党"五次围剿"

到胜利结束八年抗战

从"三大战役"胜利

到打败国民党溃逃台湾

从1921年到1949年

在这非凡的28年间

千百万共产党员

前仆后继 浴血奋战

共产党领导人民打江山

没有共产党就没有新中国

这是开天辟地的巨变

歌颂伟大的中国共产党

开创了中国历史新纪元

终于换来了1949.10.1这天

开国领袖毛泽东隆重宣告

中华人民共和国成立了

中国人民从此站起来了

中国人民富起来

从此人民当家做主把身翻

共产党领导就是好

祖国建设掀高潮

从建国首个五年规划绘蓝图

到 1979 年 30 年间

党领导全党全国各族人民

自力更生 艰苦奋斗

顽强拼搏 建设家国

从春天的故事开始

到进入改革开放

以经济建设为中心

到迈入建设中国

社会主义新征程

从毛泽东思想 邓小平理论

三个代表重要思想

到科学发展观

再到习近平新时代

中国特色社会主义思想

从全面建成小康社会

到打赢脱贫攻坚战

从国民经济突飞猛进

到财足粮丰家国兴盛

祖国建设日新月异

看我国高速公路发展

从无到有

从少到多

如今全国 16 万公里

稳居世界第一

一百年的理想信念

一百年的纲领路线

只为中华民族振兴

只为国家繁荣昌盛

只为人民幸福安康

中国共产党员永远铭记

为人民服务是不变的宗旨

一百年的风云变幻

一百年的艰苦奋战

洒满了共产党人汗水和志坚

前程似锦的中国

屹立在世界东方

伟大的中国共产党

让中国人民富起来

中国人民强起来

回顾过去 展望未来

辉煌岁月 任重道远

从百年党史中

感悟思想伟力

从百年奋斗史中

汲取前行的力量

用习近平新时代

中国特色社会主义思想

用创新理论把头脑武装

用中国化的马克思主义

指导新中国的具体实践

开创马克思主义新境界

这就是中国共产党从胜利

走向新胜利的"成功密码"

推进我们伟大的事业

实现我们伟大的梦想

这就是中国共产党

成立百年历史的凝聚

立党兴党强党的"精神密码"

赢得未来最宝贵的财富

鼓足迈进新征程

迎接未来新挑战

奋进新时代的精气神

书写社会主义现代化建设

新时代中国特色社会主义

民族复兴事业壮丽的篇章

在这伟大的百年华诞

牢记苦难辉煌的过去

珍惜日新月异的现在

憧憬光明宏大的未来

共产党充满朝气雄心

为你欢呼 为你歌唱

为你自豪 为你骄傲

全国人民坚定不移

永远听党话跟党走

时时叩问初心

处处践行使命

凝心聚力团结奋斗

共创新的历史伟业

并把人类命运共同体

作为新的使命和担当

伟大英明的共产党

让中国人民强起来

◆ 张寅寅

忆古往

百年历史，述说峥嵘岁月。

百年政党，引领改革辉煌。

悠悠古今，数不尽英雄儿郎。

中华大地，永不言放弃希望。

昔日孱弱，却不堪西方滋扰。

今夕东方，谁不识大国真颜。

◆ 栾兆学

新宁梁

大美泰汶，水泊故里，

互通最大，旱桥最长。

山高接受新考验，

修路架桥主战场。

一荣俱荣，一损俱损，

责无旁贷，勇于担当。

党政命运共同体，

打造百年新宁梁。

中流砥柱，不负韶华，

凝心聚力，击楫风浪。

九千铁甲将士无反顾，

一路勇毅笃行向前闯。

磁窑导改，梁山转体，

风雨兼程，新冠控防。

一千六十日气吞山河，

三百四十里大道康庄。

华夏内外，谁与争锋。

品质新宁，匠心宁梁，

挺起黄河泰山脊梁。

唯我山高先锋力量。

◆ 乔维威

建党百年有感

百年前，一艘红船，埋下红色种子。

从此后，丹青史册，谱写血汗篇章。

一次次，成功失败，全都未曾放弃。

只因为，执着信念，永在心底唱响。

你和我，幸福快乐，可知谁人奉献。

领路人，砥砺前行，才有如今辉煌。

逆行者，舍身忘我，只为人民安康。
共产党，凝神聚力，让我们挺直脊梁。
道一句，今生无悔，做一名华夏儿郎。

◆ 余海强

地势坤

先辈躬身启筚路，纵横阡陌九霄间。
却是泰山暖交通，岩之硬，地之险，鞋磨穿。
风雨归来行路难，旗帜扬帆胶州湾。
恰逢振兴开新局，聚势能，天行健，穹庐间。

◆ 岳小琰

风华吟

披甲怒剑，登高处、满目清碎。树红幡、飒扫云际，列军成队。
四海八方人与鬼，天上地下年和岁。无不是、翘首愿以待，盼共归。
破日寇，驱外患。百姓苦，几时休。众志成，千骑踏破乌合晦。
进大山载光如航，过大江雄心似辉。现百年、基业盛长青，举国同醉。

◆ 袁 东

感恩共产党

一百年，举红旗，率领全中国，开天辟新地，中国挺身立。
勇攻坚，守初心，克顽脱贫困，千年老穷根，党恩共富裕。
特色路，强国力，行稳天地雄，崛起保和平，中华梦复兴。
敢担当，有自信，一带一路活，同命地球村，合作人类赢。
百姓话，感党恩，党心暖民心，我们紧跟党，领袖习近平。

◆ 李林超

筑梦"一带一路"

一带一路擘画鸿篇巨著，五洲四海出征全力以赴。
建党百年献礼身先士卒，海外疫情逆行从未说不。
亚欧大非耕耘全心投入，协同出海敢闯先行之路。
不忘初心铭记党员义务，牢记使命贡献品质高速。

◆ 于国亮

百年烈火

知否，
百年前的七月，
当欧洲的幽灵徘徊到中华大地。
当一叶小舟飘泊在嘉兴南湖上，
一颗红星闪耀在黑暗的夜空，
一个民族掌握了前进的方向。
你知道吗？

回忆吧！
一本本《共产党宣言》，从偷偷翻译到中国特色社会主义
一面面旗帜，从锤与镰被举起到五星飘扬
一座座窑洞，从黄土高坡到高楼大厦
一双双草鞋，从草原沼泽到高铁高速
一声声枪响，从边区造与缴获到"两弹一星"
你想起了吗？

你听吧！

他说：《星星之火，可以燎原》，熊熊烈火燃烧了百年

他说：《别了，司徒雷登》，帝国主义的铁蹄雷滚出中国大地

他说："中华人民共和国成立了"，"中国人民站起来了"

他说："抗美援朝，保家卫国"，则"打回到三八线，守住了三八线"

他说："我们就搞一点原子弹、氢弹、洲际导弹"，1964年就开始爆出第一声

他说："封锁吧！封锁它十年八年"，"中国的一切问题都解决了。"

你听到了吗？

你看吧！

有位老人画了一个圈，改革开放造就中国特色社会主义

有位老人提出"一国两制"，五星红旗就在香港冉冉升起

还有

大家都爱叫他一声"大大"，"一带一路"筑起中国梦

还有……还有……

你看到了吗？

方向在曲折的道路上没有模糊

不惧艰苦的长征，红色的光辉永远鲜明

志向在冷酷的屠刀下没有夭折

牢记烈士的鲜血，共产主义理想代代传承

一名名烈士在燃烧鲜血，

一位位巨人在燃烧理想，

燃烧吧！

再烧他个

一百年！

一千年！

……

◆ 李星昀

一个追星人的告白

那四面八方传来的哀号，

那耳边重复着的警告，

那空中弥漫着的肃穆气息，

我们被疫情笼罩着，

紧张却安全感十足。

祖国就像天使，

张开她那洁白有力的翅膀，

我们躲在这里，

享受着安宁。

我在羽翼的庇佑下，

喘息着，奋斗着，

这不是乌鸦反哺，

是我，

是我们山东高速人，

对祖国深深的爱。

我们誓将，

每一条公路，

每一座桥梁，

建设的坚固和美丽，

这一点点的爱，

是我们每个山东高速人的信仰，

我伟大的党和祖国，

一生追随崇拜的偶像。

世袭长征精神的一代人

一个个坚实的脚印，

一条条的大江大河，

一座座巍峨的高山，

这些红军长征精神的见证，

永不垂朽的丰碑。

这曲折蜿蜒的足迹，

深深地刻在，

沐浴党的光辉的敬畏者心中，

深深地刻在，

山东高速人的心中。

长征两万五千里，

精神不止，

永不停歇，

山东高速人秉承这份精神，

横贯南北的公路，

屹立在水面的大桥，

是对不屈奋进精神的致敬。

甘做长征精神的传承者，
世袭沿传。

◆ 朱明鹏

赞建党百年华诞

岁月的深处，记忆的芬芳。

庄严的誓词，振奋的时光。

从嘉兴南湖的游船，到祖国的心脏，

从锦绣万丽的河山，到淳朴的大街小巷，

从繁华的高楼大厦，到偏远的山区村庄，

每一个人都在感恩着，我们热爱的党。

高举坚强有力的右臂，

挺起炙热澎湃的胸膛，

让我们再次为党的生日歌唱，

让我们再次把党的誓词宣扬。

八十个滚烫的字，指引着我们前进的方向，

十二句震撼的誓言，传承着新时代中国人的梦想。

一百年的风雨兼程，

一百年的岁月沧桑，

一百年的民族希望，

一百年的慷慨激昂。

让我们坚守着初心，

不负年华，不负众望，

用我们热血的青春，

让宏伟的中国梦屹立在世界东方。

◆ 王珊珊

智勇坪岚，实干报国

汽笛啸，

车轮滚，

智者掌舵，

领航坪岚临港，

钢铁巨龙行稳致远。

繁星照，

烈日焚，

愚公挥铲，

移走太行王屋，

熊罴勇士守正出新。

◆ 翟秀卉

坪岚赋

两条钢轨东西横贯，

一头是坪上，

一头是岚山，

那里是，

我醒里梦里的坪岚。

七十里坪岚，

在全国铁路货运图上，

是那么不起眼的一小段。

三十年征程，

短的也仿佛只是一眨眼……

刚刚通车那些年，
沉寂的线路，
简陋的车站，
那是我，
尘里土里的坪岚。

鲜血也曾洒过钢轨，
生命也曾把车轮驱赶，
"勇当火车头、甘做铺路石"
绝不仅仅是一句壮语豪言，
那是我，
风里雨里的坪岚。

我哭过笑过的坪岚，
我恨过爱过的坪岚，
作为山东高速的一员，
如今高擎时代的火炬，
走在了经济发展的前端。

一座座办公楼拔地而起，
机车轰鸣、汽笛连天，
货运窗口仪表整洁、纤尘不染。
调车作业标准规范、保障安全。
最忙要数行车值班员，

没空去吃饭，只能点个餐……

未尝昔日苦，

怎知今日甜，

让我们一起并肩，

建设更加美好的新坪岚。

◆ 张喜迎

初心永恒·奋勇前行

一百个春华秋实，

一百个累累硕果。

一百年风雨兼程，

一百年岁月如歌。

遥想当年的南湖湖畔，

一艘红船稳稳地停泊在岸边。

一面镰刀铁锤的旗帜，

高高飘扬在船头。

指引着我们百年的前进方向。

今日，我们又一次站在这面旗帜下，

用铿锵有力的声音，

向党深情诉说。

百年的峥嵘岁月，

您留给我们的是永不磨灭的精神。

今日我们聆听英雄的故事，

仿佛看到您一路来的点滴印记。

百年的风霜雨雪，

您拥有了抵挡风霜的力量。

今日我们高举右臂肃穆而立，

向您讲述我们的赤胆忠诚。

百年的奋斗历程，

是初心不改，笃行不辍。

今日这份信念仍然在内心涌动，

支撑我们努力拼搏，不断前行。

百年的栉风沐雨，

您的光辉始终如一。

今日我们延续您的传统，

让力量在这里凝聚。

百年的披荆斩棘，

成为今天奋力争先的勇气。

今日我们将旗帜高高举起，

让洋溢的热情，喷薄而发。

让奋斗的激情，充盈满怀。

百年的辛勤耕耘，收获了满满的成绩，

今日我们站在新时代的起点，

用匠心绘制"中国制造"的奇迹。

纵有千言万语，也道不尽我对您的热爱。

太多的情感，已经融入我们的血脉。

我们每一个人，都是您精神的传承者。

用汗水浇灌收获，用实干笃定前行。

◆ 王 雪

青年与信仰

每一寸时光，

用我们青春最初的信仰，

播下我们孜孜以求的理想。

你看那大道无疆，

充满未知，困难阻挡。

我们初心不改，挥洒青春力量，

时光荏苒，时不我待，我们奋勇向前方！

蓦然回首仰望，

你看那阴霾之上，

早已霞光万丈！

◆ 孙振邦

筑路人之歌

我们用青春和汗水抒写着春夏秋冬的每一天，

胸怀匠心的我们用测量仪之精确数据，

筑路机械之精细操作，陪伴着人生每一年。

筑路人借星辰闪烁的眼睛慰藉着妻儿父母的思念，

筑路人用座座桥梁条条高速兑现着劳动所付出的辉煌，

我们路桥人之快乐就是无私奉献，

我们的付出能为中国交通添彩增光。

愿汗洒高原雪域戈壁荒滩，

筑路人的奉献能让一路一带联通世界，

我们愿用毕生铺路架桥，天天。

◆ 温华军

清澈的爱，圆梦中华

湘江春流，橘子洲头，

嘉兴红船，四海燎原。

华夏儿女，庆诞百年。

春风，红霞，年华豆蔻，

挑灯，夜读，芳华书战，

起航，奋斗，中华梦园。

择一事，入一门，忠诚一生，

弃红妆，着工装，净心向党，

站起来，强起来，担当实干。

风云变，狼烟起，只争朝夕寻道路，

家国梦，兴企情，不负韶华信文化，

新理念，新格局，人类命运同体赞。

强国战略明方向，交通先行绘蓝图，

山东高速大发展，智慧高速创新路。

◆ 朱仁堂

发扬"小推车"精神，传承"沂蒙"情四篇

战争篇

它有一个普通的名字"小推车"，

它是沂蒙人民的"好伙伴"。

它载给养，送弹药；

沿着崎岖的山路，蹚过冰冷的河水，

奔向炮火纷飞的淮海战场。

沂蒙大地，淮河平原，

处处留下你的轨迹。

它体积虽小，载重很大；

回眼望去，浩浩荡荡，

宛如一条"独轮"长龙，

源源不断，物资送往前线。

前方是咱自己的子弟兵，

咱自己的军队；

军民鱼水情，军民一家亲。

沂蒙百万之众，全力支前；

舍小家，顾大家；

车绊上肩，攥紧车把，抬起小推车，

脚底板用力，向着胜利前进。

是小推车推出了淮海战役的胜利，

加快了中国革命解放的步伐，

为建立新中国发挥了不可磨灭的作用。

建设篇

八百里沂蒙，绵延起伏；

七十二崮，若隐若现。

山高林稀，土地贫瘠；

穷乡僻壤，舟车不通；

外货不入，土货不出。

党旗引领，热血沸腾；

勤劳质朴，轰轰烈烈；

我推你拉，好不热闹。

修路筑坝，开垦荒山；

植绿补绿，瓜果飘香。

土地承包，干劲十足；

家家小推车，喜悦显脸庞；

交足公家粮，余粮囤满仓。

幸福篇

农机车渐渐多了，

小推车退到了幕后。

农民兄弟种地轻松了，

粮食逐年大丰收，

腰包鼓起来了。

下雨天，坑坑洼洼的泥泞路，

变成了又平又宽的柏油路。

四通八达的高速网，

风驰电掣的和谐号，

出行多样化，精神追求高，

幸福指数节节升。

传承篇

再见小推车，

已走进革命博物馆。

它见证了中国革命的解放。

它见证了改革开放所取得的伟大成就。

它见证了中国共产党的英明领导和执政能力。

中国共产党是人民的公仆，

回顾历史，传承沂蒙精神。

不断推动中国历史滚滚向前，

中华民族伟大复兴终将实现。

◆ 于 波

建党百年吟报国

建党一百年，万水千山只等闲。

奋进新时代，镰锤挥斥鸣龙泉。

中流击水帆千丈，社会主义铸新篇。

滚石上山万里路，气吞万里皆浩然。

伟大复兴中国梦，党民一心合太玄。

家乃最小国，国是千万家。

风声雨声声入耳，家事国事事关心。

永远跟党走，丹心照汗青。

人民磅礴力，报国赤子心。

党和人民连血肉，中国特色春常青。

扶危救难鱼水情，决胜抗疫天地心。

久为功兮接力，大变局兮崛起。

巡天探海，霹雳弦惊。

民生福祉，月异日新。

多边主义天涯邻，共同体兮环球倾。

新时代兮花无数，不尽丰功达远听。

愿得此身长报国，黔首不惭世上英。

新旧动能转换，山东起而长嗟。

有山高之大企，擎万亿之长缨。

枕戈待旦营主业，闻鸡起舞拓新兴。

道远任重从来急！

朝乾夕惕廿四春，

不舍昼夜迫光阴。

绝知千淘万漉虽辛苦，

吹尽狂沙始到金。

◆ 周业隆

一带一路，奉献西部

如果我是一阵狂风，

我愿在飞沙走石的戈壁一展才能。

牵起风车的手就能发电，

我也能兢兢业业，服务大众。

如果我是一粒种子，

我愿萌发在黄土高原的沟壑里。

守护经不起雨水冲刷的土地，

我也能磨练顽强的生命。

如果我是一条河流，

我愿流淌在塔克拉玛干的沙漠里。

让沙漠的人们看到希望，

我也能有一份难得的阅历。

如果我是一只小鸟，

我愿在喜马拉雅安居筑巢。

给登山的人们送去音乐，

我也会有飞得最高的宝宝。

啊！西部！

你给了我们长江黄河的甜美母乳，

你给了我们血液营养的强健基础。

如今的我们早已富足

而你却依然生活的清苦。

啊！西部！

伟大战略一带一路，

引领着我们为你奉献的脚步。

我们要和你并肩上路，

用我们的青春摘掉你贫穷落后的包袱。

◆ 季相国

党旗飘扬，飘在你我的心上

一百年峥嵘岁月，一百年矢志不渝；

一百年艰巨使命，一百年国之复兴。

您听到了吗？现在的大好河山，旗帜在风中飒飒作响。

您看到了吗？现在的繁荣富强，是您指引的正确方向；

党啊，感谢您，威风凛凛，坚强如刚，镰刀铁锤鞠躬尽瘁斗志昂扬；

党啊，跟紧您，自力更生，改革开放，步步实现小康社会无惧前方；

党啊，祝福您，历尽沧桑，辉映朝阳，雄姿英发繁荣富强中国力量！

一次次失败、一次次挫折、

一行行汗水、一行行泪水、

是您的勇敢，铸就了共产党人的顽强，

是您的温暖，感染了共产党人的热望，

是您从不怀疑，共产党人不负期待！不负春光！

旗帜！旗帜！

火红色的海洋！

飘扬！飘扬！

飘在八千多万党员的心上！

◆ 邢　飞

我爱你中国

我亲爱的中国，

五千年的文明，灿烂的文化，

却遇到了这么多的挫折，

无论多么艰难和坎坷，

我们都要努力站着，

只有坚强才能消灭懦弱，

只有勇敢才能战胜困惑。

我们有黄河、长江，

我们有长城、敦煌，

多么辉煌，多么荣光，

众志成城，携手前行，

砥砺奋进，无限光芒！

◆ 冯 亮

致敬百年五四

在百年前的黄土地上,挑不出一片完整的信心。一幅幅撕裂的记忆,是华夏数百年的凋零,犹如残冬飘落的枯叶,纹路肝肠寸断,残阳似血,晦暗如夜。

天空是倒下的深渊,无数青年慷慨歌燕市,只为撕碎旧社会的躯壳,打碎这个痛苦之厅,血流成河的时刻,每次呼吸都灼痛华夏儿女的神经。直到嘉兴红船的闪电,

刺穿历史的天空,从此筚路蓝缕,愚公移山,开启民族史诗般的解放与伟大复兴。有道是,百年风华今又是,换了人间。

◆ 吴 江

你好,二十岁的山东高速

你好,二十岁的山东高速,正值青春韶华的你,携手我们走过二十年征程,一路砥砺前行,红色初心永远相随。

你好,二十岁的山东高速,通车里程已达 7473 公里,祖国南湖小船已成巍巍巨轮,省内经济区一体化航母有你推进。

你好,二十岁的山东高速,你是意气风发的运动员,奔驰在高速公路主赛场,金融、轨道交通、港口交通你的身姿也在奋进。

你好,二十岁的山东高速,孔孟之乡成长的你,立身以德为本、管理以人为本、工作以诚为本、发展以质为本,你是齐鲁企业价值的先驱推进。

你好,二十岁的山东高速,虽然你尚在青涩年华,但山东经济的蓬勃发展你是领军人物,资产规模傲居全省首位。

你好,二十岁的山东高速,你已踏遍世界各地,106 个国家留下了

汗水足迹，"一带一路"有你奔跑的"高速度"带队。

你好，二十岁的山东高速，你谨记"绿水青山就是金山银山"这一使命，修桥筑路不忘生态建设和修复，坚决打赢蓝天、碧水、净土的保卫战。

你好，二十岁的山东高速，高质量转型和发展是你的己任，年轻的你我齐心勠力，努力创造"十四五"时期业绩之最。

◆ 范鹏程

庆祝建党 100 周年

抚今追昔，伟大的中国共产党已经走过了 100 周年的风雨历程，在这么多年的风雨历程中，党在各个历史时期所走的每一步无不闪烁着耀眼光辉。作为生长在和平年代的我们，在党的 100 岁生日来临之际无不饱含深情地回忆在党的领导下，在祖国母亲的哺育下，又在和平祖国这座大熔炉里成长经历，以肺腑之言由衷地歌颂伟大的党和亲爱的祖国，并感谢党使我们能够快乐地无忧无虑地成长。

首先，坚定信仰不动摇。从当前的国际势式看，世界根本不太平，社会上各种思想和思潮交在一起，敌对势力亡我之心不死，对我们和平演变一刻也没停止过。尽我党采取了种种有力措施，加强了正能量的宣传力度，打击邪恶势力，用铁拳反腐反贪，党风、社会风气正在日益好转，但是我们不难看到在党的队伍里顶风作案还有之，也有党员干部消极怠工、慢作为、不作为。还有的对当前的反腐败打老虎，拍苍蝇有法不责重的侥幸。对此，我们一定要有清醒的认识，深刻领会党中见面会惩治腐败，老虎苍蝇一起打的重要意义，自觉增强政治意识、大局意识、核心意识、看齐意识，认清当前形势，一定要分清善恶丑美，要做到坚持建设不放松。

坚持原则不放松。几十年来我目睹了和亲历了党的不断发展壮大，尤其是中国的改革开放展翅腾飞的40多年,祖国大地上闪闪发光的亮点,就是经济快速发展,创造了许多奇迹,实现了万众梦想,如"神舟飞天""两弹一星""一带一路"等,在生命的禁区铺起了青藏"天路"。使中国人民全部脱贫,抗疫救灾众志成城,人民军队建设从无到走到世界前列。这些都是在党的英明领导下所创造的辉煌,是耀眼的星星,从而使我党我国的国际地位极大提高,中华民族巍然屹立于世界东方,作为一个中国人无不为之骄傲和自豪。我完全相信以习近平总书记为核心的党中央有决心有能力有水平领导我们党抓好反腐倡廉这种关系到生死存亡的大事,保证国家建设稳定发展。

最后,我们要遵守纪律不放松。通过对党章、党规以及习总书记系列讲话的深入学习,使我们认识到作为一名新时代的中华儿女必须脚踏实地,自觉从我做起,从现在做起,在政治立场方面政治言论政治行动等方面严守规矩,把好底线,做到党中央提倡的坚决响应,党中央决定的坚决照办,党中央禁止的严禁涉足。我相信,在党中央和习总书记的带领下,我们伟大的中华民族一定会越来越好,巨龙腾飞。

◆ 王云云

平凡中的不平凡

前几日回老家,席间吃饭时,我不经意间看到了爷爷胸前的一抹红色,近几年培养的政治敏锐性,我猜到那应该是一枚党徽,可是以前从没见爷爷戴过,出于好奇,我问爷爷:"爷爷,您这党徽看着有年岁了,又是从哪找出来的?"爷爷顺手去摸了一下胸前的党徽,面带笑意,慈祥万分:"前几天你奶奶周年的时候收拾旧物找到的,这还是我刚入党那几年的老物件呢。"我猛然想起,眼前这个慈祥的老爷爷,也是有着六十多年党龄的老同志了。

印象里,爷爷永远都是任劳任怨的老黄牛形象。90年代的时候,爸爸兄弟四人都已成家，爷爷为了儿孙辈们多些收入，把他和奶奶的口粮地都分给了四个儿子，年近古稀的他却是谁家有活就帮着谁家干，自己的地虽然少了，他干的活却更多了。奶奶总是跟他抱怨"早晚有一天累死在田头上"，他却笑笑："儿子们都想着出去上班多挣点，这些媳妇们在家，我不帮他们，看着她们落别人后面吗？再说我是咱家唯一的党员，我不带头，怎么给小辈们做好榜样。""以前在生产队再累的活也干过，这些活，我还能干得动，累不着，再不济也比媳妇们强吧？"他是这样说的，也是这样干的。牛拉犁锄地时，扶犁来回走的永远是爷爷；靠人力掰玉米时，干在最前头的依然是爷爷；弯腰砍玉米秸的还是爷爷。大娘和妈妈有的时候想要替他一会儿，他总是笑笑："没事，我抽袋烟，歇歇再干。"

后来，慢慢都过上好日子了，爷爷也干不动了，可是他还是不愿意闲着，他噶伙着自己的老伙计，插着铁锨，骑着那台破旧的二八自行车，又跑去当村里的义务公路养护人了。

有一次馋嘴的堂弟偷吃了一个鸡蛋，被爷爷知道后，平时和颜悦色的他竟大发雷霆，"吃个鸡蛋是小事，偷吃就不行，你爷爷是党员，你们干这偷鸡摸狗的事，我也觉得跟着你们给党丢人，下午跟着我去巡路去吧"。当时把我们都吓得不轻，只记得爷爷的脸铁青，但从那时起，我们几个兄弟姐妹再也不敢偷吃一点东西了。

后来堂弟回忆：那天跟着爷爷去巡路，一直走了一下午，一路上还要捡拾路上的垃圾，累到腿抽筋，根本不是爷爷之前说的"打发时间去路上转悠"那么简单。也是那天下午，从爷爷的那位老伙计嘴中得知，爷爷是因为觉得自己是党员，才坚持跟村委报名去巡路的，他一直说"自己没啥大本事，不做点什么，怕对不起自己这党员的身份"。从那以后，我们对爷爷更加敬佩了。

我也是在爷爷的影响下，积极向党组织靠拢，并荣幸地加入中国共产党这个优秀组织的，并时刻以爷爷平凡而不平凡的一生提醒自己：不忘初心，砥砺前行。

如今，爷爷已经89岁高龄了，他依然是那个永远面带微笑，待人和善的老头，虽然他不曾有过什么轰轰烈烈的大事记，却用他平凡而认真的一生给我们后辈做着党员的榜样！

◆ 付　强

我的奶奶

奶奶，今年是中国共产党建党100周年，也是您百岁的一年，如果您还健在，是一定会因为与您心心念念一辈子的中国共产党一同过生日而感到高兴吧。一晃您离开我们已经三个月了，时间真的很快，有人说时光能使人淡忘一切，也许是，也许忙碌起来什么都想不起，可今天在写这篇文章时，所有的往事却历历在目，浮在眼前。

我的奶奶出生于1921年的9月10日，在我看来，是一个很遥远的时间点。端详奶奶的照片，满脸笑容，和蔼可亲，虽满头银发，但是依然很清爽，想奶奶年轻时也一定很美！奶奶是从旧社会过来的人，经历过几个时代，没有上过学，大字不识几个，可她脑子不僵化，对事物的认识有自己独特的理解和个性。抗日战争期间，天上不时地掉炸弹，每逢敌机来炸，恐慌的人群四处逃窜，每日都是担惊受怕的……奶奶含着眼泪问她的母亲，"什么时候能活得像个人样？"没有人能告诉奶奶答案，因为那是一个灰蒙蒙的年代！

1949年，毛主席一句"中华人民共和国中央人民政府今天成立了！"给中国亿万老百姓带来了曙光。从此，奶奶知道了共产党，知道了新中国，知道了人民当家做主，结束了东躲西藏的日子，结束了颠沛流离的生活。从此，奶奶对中国共产党有了一份特殊的情感。

在奶奶的印象里，共产党员都应该是忠诚的、廉洁的、无私的、无畏的。为了让全国人民过上好日子，无论遇到什么困难，只要党中央发出一声号令，所有的党员都应义无反顾地冲到第一线，因为那是党员最荣耀的时刻。奶奶就是一直同我的爷爷、我的爸爸还有我这么讲的。虽然奶奶不是党员，但是她为培养出我们爷孙三代人加入中国共产党，而感到自豪。

奶奶经常讲，现在的好日子来之不易，托了共产党的福，咱们才有大房子住，有工作干，孩子有学上，现在的幸福生活都是老一辈的革命先烈用他们的钢铁身躯、满腔热血打下来的，我们一定要格外珍惜！有一次，我问奶奶有什么新的愿景？奶奶质朴地说："感谢党给我们的幸福生活，要一辈子跟党走！"

时光飞逝，奶奶渐渐老去，89岁那年冬天奶奶摔倒了，股骨骨裂。因为高龄，医生也不敢给奶奶动手术，本以为从此奶奶再也不能站起来了。奶奶很要强，躺了两个月，轮椅刚推回来，奶奶就偷偷地自己挪下了床，挪到了轮椅上，还跑到客厅遛了一圈，不久奶奶又挂着拐杖，顽强地站立起来，把我们看得瞠目结舌，奶奶说，这点伤，在革命年代又算得了什么！

奶奶，您的骨子里流淌的血液，是革命的血液，是红色的精神啊！奶奶，门廊下再也没有了您那熟悉的身影，愿您在天堂一样的美丽、坚强，我会继续传承您的思想，发扬您的精神，一辈子跟党走！